DÉVOTION DANS LES HIGHLANDS

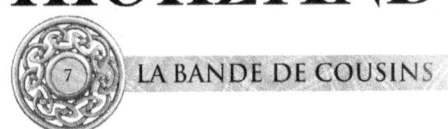

7 LA BANDE DE COUSINS

KEIRA MONTCLAIR

Les Grant et les Ramsay dans les années 1280

GRANT

LAIRD ALEXANDER GRANT et son épouse, MADDIE
John (Jake) et son épouse, Aline
James (Jamie) et son épouse, Gracie
Kyla et son mari, Finlay
Connor
Elizabeth
Maeve (adoptée)

BRENNA GRANT et son mari, QUADE RAMSAY
Torrian (fils de Quade issu de son premier mariage) et sa femme, Heather, sa fille Nellie (fille de Heather issue d'une précédente relation) et son fils, Lachlan.
Lily (fille du premier mariage de Quade) et son mari, Kyle ; leurs filles jumelles, Lise et Liliana
Bethia et son mari, Donnan ; leur fils, Drystan
Gregor
Jennet
Geva (adoptée)
Emma (adoptée)

ROBBIE GRANT et son épouse, CARALYN
Ashlyn (fille de Caralyn issue d'une précédente relation) et son mari, Magnus ; leur fille, Ishbel
Gracie (fille de Caralyn issue d'une précédente relation) et son mari, Jamie
Rodric (Roddy) et son épouse, Rose
Padraig

BRODIE GRANT et son épouse, CELESTINA
Loki (adopté) et sa femme, Arabella. Leurs fils, Kenzie (adopté) et Lucas, et leur fille, Ami (adoptée)
Braden et sa femme, Cairstine ; leur fils, Steenie (le fils de Cairstine issu d'une relation précédente)
Catriona
Alison

JENNIE GRANT et son mari, AEDAN CAMERON
Riley
Tara
Brin

RAMSAY

QUADE RAMSAY et son épouse, BRENNA GRANT (voir ci-dessus)

LOGAN RAMSAY et son épouse, GWYNETH
Molly (adoptée) et son mari, Tormod
Maggie (adoptée) et son mari, Will

Sorcha et son mari, Cailean
Gavin et son épouse, Merewen
Brigid
Simone (adoptée)
Beatris (adoptée)

MICHEIL RAMSAY et son épouse, DIANA

David et son épouse, Anna
Daniel et son épouse, Constance
Crisly (adoptée)
Mariana (adoptée)

AVELINA RAMSAY et DREW MENZIE

Elyse
Tad
Tomag
Maitland

CHAPITRE UN

LINET BAIRD RESSERRA son manteau contre le vent mordant des Highlands écossais. Il faisait beaucoup plus froid à Inverness que chez elle. Elle revenait d'une auberge située à l'extérieur du bourg royal, l'endroit où elle avait espéré voir sa sœur une dernière fois. Comme elle n'avait pas trouvé Merewen, elle n'avait eu d'autre choix que de laisser son paquet, accompagné d'un mot.

Il était probable qu'elle ne reverrait jamais son unique sœur, sa bien-aimée Winnie.

Cette pensée la remplissait de désespoir, mais elle avait fait son choix, et elle avait l'intention d'aller jusqu'au bout. L'on avait besoin d'elle ici, et pas pour être au service des hommes.

Lorsqu'elle vivait avec sa famille au sein du clan Ramsay, elle était à la merci de ses deux frères et de son père, qui ne l'avaient jamais remerciée d'avoir nettoyé leurs vêtements et préparé leurs repas. Ils ne faisaient que lui en demander davantage.

Et puis il y avait l'autre finaison[1] à laquelle elle

---

1   But, objectif.

avait servi pour un certain homme. Elle grimaça et chassa l'horrible souvenir de son esprit.

Au moins, elle lui avait échappé.

Elle avait presque atteint la bâtisse où elle dormait avec Sela, sa cheffe en quelque sorte, lorsqu'un étrange son métallique parvint à ses oreilles, l'arrêtant net dans son élan. Le bruit s'amplifia. Il y avait aussi des cris lointains. Des cris de douleur. Les alentours étaient presque déserts, à l'exception des deux gardes qui l'accompagnaient, aussi grimpa-t-elle sur une petite colline pour avoir un meilleur point de vue. Les hommes la suivirent.

Tous trois se figèrent au sommet, choqués par le spectacle qui s'offrait à eux. Non loin de la rive de la rivière Ness, une bataille opposait des hommes gardant plusieurs caisses à un groupe de Highlanders, certains vêtus de leurs tuniques et de leurs tartans, d'autres habillés tout en noir. Des flèches fendaient l'air, tuant des hommes presque immédiatement. Certains combattaient à pied, d'autres à cheval.

Après avoir passé la majeure partie de sa vie protégée par les guerriers et la réputation du clan Ramsay, elle n'avait jamais été témoin de quelque chose d'aussi horrible.

— Que se passe-t-il? murmura-t-elle, tout en sachant qu'elle ne devait pas s'attendre à une réponse.

Les gardes ne lui adressaient jamais la parole.

— Que les saints nous protègent! Les sauvages des Highlands sont devenus fols[2].

---

2   Fou.

L'homme à sa droite contemplait le chaos qui régnait, et la cacophonie ambiante avait fini par permettre une chose qui n'était jamais arrivée : il lui avait enfin parlé.

Un cri d'effroi se fit ouïr derrière elle, et lorsqu'elle se retourna pour voir qui l'avait poussé, elle fut choquée de voir Sela dans l'embrasure de la porte de l'auberge. La belle femme n'était pas vêtue de sa robe légère et de son manteau royal habituels, mais d'une robe de laine avec un pantalon en treillis en dessous, ses longs cheveux blonds retombant librement sur ses épaules. Même dans une tenue aussi simple, elle possédait une élégance indéniable et il ne lui fallut pas longtemps pour retrouver son calme habituel.

— Prends tes affaires, Leena, lui dit-elle en utilisant le nom d'emprunt de Linet. J'ai des instructions strictes pour que nous nous en allions immédiatement avec trois autres personnes. Nous voyagerons avec dix gardes. Les autres suivront.

Sela était responsable de toutes les bachelettes[3], ce qui lui conférait des droits et des privilèges que les autres n'avaient pas, mais Linet se doutait qu'elle n'était pas encore libre. Elle avait des ordres, comme tout le monde.

Le cœur de Linet s'emballa et la peur remonta le long de sa nuque, mais elle fit de son mieux pour réfréner l'envie de pleurer, de crier et de s'enfuir, car l'idée d'être empalée par une épée était omniprésente dans son esprit.

— Êtes-vous certains que ces guerriers en bas sont après nous ? Certains d'entre eux portent des

---

3   Jeunes filles.

plaids Ramsay et Grant. Ils ne nous feront pas de mal.

— C'est cela ! marmonna l'un des gardes, qui la poussa vers le bâtiment. Ce sont tous des sauvages. Maintenant, en route. Certains viennent par ici.

Linet reporta son regard vers la bataille. Elle haleta devant l'étalage de violence, mais, avant qu'elle puisse se détourner, quelqu'un attira son attention. Elle n'aurait pas dû le remarquer, car il était perché dans un arbre, presque hors de vue. Mais elle avait l'habitude de jeter des coups d'œil à cet homme.

Gregor Ramsay.

Son cœur se serra à l'idée qu'il puisse être blessé, même s'il était dans un arbre en train de décocher des flèches sur des hommes avec une précision mortelle. Gregor lui avait fait le plus beau des cadeaux : il lui avait appris à lire, ce qui avait élargi son univers au-delà du piège que représentait la maison de ses parents. Et parce qu'il était si gentil, si beau, si intelligent et si drôle, elle avait osé espérer que leur amitié pourrait peut-être mener quelque part.

Ce n'étaient que les rêves enivrants d'une jeune fille insensée. Ses frères, qui avaient remarqué son intérêt pour le fils du chef, s'étaient empressés de lui rappeler que les garçons nobles épousaient les bachelettes nobles, et non quelqu'un comme Linet Baird, qui passait ses journées à laver des vêtements dans le ruisseau et à cuisiner du ragoût.

Et puis il y avait cette autre raison pour laquelle quelqu'un comme Gregor ne l'épouserait jamais…

— Leena, viens ! Maintenant !

La menace de Sela n'était pas tombée dans l'oreille d'une sourde. Même si elle souhaitait rester et s'assurer que les membres de son clan se portaient bien, elle n'osait pas s'opposer à la froide femme nordique que d'autres appelaient la Reine des glaces.

Avec un coup d'œil en arrière, Linet s'engouffra dans le bâtiment. Il lui fallut peu de temps pour vider la chambre dans laquelle elle avait vécu ces derniers jours.

Sela l'attendait dans l'entrée, le visage crispé.

— Nous partons maintenant. Nous devons les devancer.

— Où sont les autres ? Où sont les autres bachelettes ?

Son travail consistait à s'occuper des bachelettes de Sela, n'est-ce pas ? Comment pouvait-elle faire si la plupart d'entre elles n'étaient pas là ? Elle en avait soigné au moins vingt depuis que Sela lui avait confié la tâche de panser leurs blessures. Il pourrait y en avoir beaucoup d'autres.

— Certaines sont parties, d'autres ont reçu de nouvelles tâches. Peu importe, nous devons partir maintenant, affirma Sela, lui prenant la main pour l'entraîner vers la porte.

Linet fit ce que l'on attendait d'elle, sans poser d'autres questions, car l'autre femme n'aimait pas qu'on l'interroge. La seule autre possibilité était de rester en arrière, auquel cas elle serait obligée de repartir avec le clan Ramsay.

Jamais !

Certes, Sela pouvait être dure, mais, en général,

elle se montrait gentille avec Linet. Tout le monde le savait. Pour le moment, elle allait faire ce qu'on lui demandait. Cela lui convenait, car elle préférait être loin, très loin de ce qui se passait sur le rivage. Elle espérait seulement que Merewen était en sécurité. En son for intérieur, elle espérait aussi que les Ramsay et les Grant sortiraient vainqueurs de cette bataille.

Elle caressa son cheval, une fois ses affaires attachées à la selle, puis elle attendit qu'on l'aide à monter. L'un des gardes s'approcha suffisamment pour la soulever et lui murmura :

— Beaucoup de bachelettes ont été déplacées, et pas dans un bel endroit. Sois reconnaissante de ne pas être l'une d'entre elles, car tes talents de guérisseuse t'ont sans doute sauvé la peau. Ne pose pas de questions et va-t'en.

— Mais où allons-nous ? chuchota-t-elle, son regard fouillant celui de l'homme.

— Edinburgh. Je prie pour que nous nous en sortions.

Au moins, ils ne se dirigeaient pas vers les terres Ramsay.

Elle ne pourrait jamais rentrer chez elle.

Gregor Ramsay se retourna, maudissant les irrégularités du sol sur lequel il était étendu, tentant sans grand succès de s'endormir. Combien de fois avait-il fait ce trajet entre le clan Grant et le clan Ramsay ? Combien de fois avait-il dormi au milieu de la nature sauvage des Highlands ? En temps normal, il s'endormait sans délai, mais les bruits de la forêt l'affectaient différemment ces derniers temps, faisant frissonner son échine.

Les pillards ne lui faisaient pas peur. C'étaient les hommes du canal de Dubh qui le mettaient sur ses gardes. Après la brutalité dont ils avaient été témoins à Inverness, il n'arrivait pas à trouver le sommeil. Même s'ils avaient déjà été confrontés à la cruauté du canal à plusieurs reprises, cette fois-ci, ils avaient sorti les bachelettes de caisses dans lesquelles elles avaient été placées pour le voyage à travers la mer. Son cœur s'était serré à la vue de ces jeunes filles endormies, droguées et traitées comme des marchandises. Achetées et vendues. Au moins, ils avaient donné une bonne leçon à ces pendards qui repartaient d'Inverness. Ils en avaient tué beaucoup, mais certains s'étaient échappés.

Voilà pourquoi le travail de la bande de cousins était si important. Ils devaient éradiquer ce qui restait du raisiau[4].

Mais ses pensées ne cessaient de revenir vers Linet Baird. La ravissante Linet. Ils étaient venus à Inverness dans l'espoir de la retrouver, mais elle avait refusé de rentrer avec eux, préférant rester avec Sela, la femme censée diriger les cercles de combats clandestins et les maisons closes de la ville. Tout l'argent revenait à Sela ou à ses employeurs, bien sûr, et non aux bachelettes elles-mêmes.

Sela s'était enfuie pendant la bataille, et Linet avait disparu avec elle. Il se doutait qu'elle ne contrôlait pas vraiment les activités du canal à Inverness, mais, même si elle se contentait

---

4   Réseau.

de suivre les ordres, elle avait sans doute des informations utiles. Peut-être même savait-elle qui dirigeait le canal dans son ensemble.

Le niveau d'implication de Sela n'avait pas d'importance. Il n'aimait pas qu'elle puisse contrôler Linet. Si Gregor ne comprenait pas ce qui motivait cette dernière ni pourquoi elle avait refusé de rentrer à la maison, il s'était pourtant juré de le découvrir.

Il s'était juré de la protéger et il n'abandonnerait pas.

Ils avaient passé beaucoup de temps ensemble lorsqu'ils étaient plus jeunes. Il avait même passé la plus grande partie d'un été à lui apprendre à lire. Chaque fois qu'il pensait à elle, il se rappelait son doux sourire, son parfum de lavande distrayant et son esprit vif. L'un des souvenirs qu'il chérissait le plus était la façon dont sa langue se frayait un chemin entre ses lèvres lorsqu'elle se concentrait, ce qui le faisait invariablement sourire. Elle réagissait toujours de la même manière.

— Qu'y a-t-il ? demandait-elle.

— Rien que toi, répondait-il.

Si elle insistait pour avoir une réponse plus précise, il disait qu'il était impressionné de la voir travailler si dur, ce qui était vrai. Il gardait soigneusement pour lui le reste de la vérité, à savoir que la vue de sa petite langue lui donnait envie de la capturer dans sa propre bouche.

Dire une telle chose aurait été audacieux, et, à cette époque, il ne l'était pas du tout.

Gregor avait espéré que les choses changeraient

entre eux avec le temps, mais il avait hésité à se déclarer, puis ses devoirs avec la bande de cousins l'avaient tenu éloigné de la maison. À présent, elle n'était plus là. Elle lui manquait. Ce n'était pas ainsi qu'il avait imaginé qu'ils seraient réunis.

Heureusement, Connor était prêt à l'aider à la suivre. Ils étaient convenus de s'arrêter rapidement au château de Grant et au château de Ramsay en chemin pour Edinburgh. Ils pensaient qu'une fois arrivés à destination, ils trouveraient Sela et ce qu'il restait du canal. Will et Maggie, les chefs de la bande des cousins, étaient restés à Inverness pour mener des recherches plus approfondies, mais ils avaient l'intention de les rejoindre dès que possible. Merewen et Gavin voyageaient avec eux jusqu'aux terres Grant. Quand les guérisseurs du clan Grant auraient soigné les blessures de Merewen, ce qui pouvait prendre un jour ou deux, le nouveau couple se rendrait sur les terres Ramsay et y passerait un jour ou deux avant de rejoindre la mission de la bande.

Connor et Gregor n'attendraient pas.

Un bruit de frottement vint aux oreilles de Gregor, le tirant de ses pensées. Il s'assit, observant les alentours à la recherche de pillards ou d'une bête. Ses cousins étaient endormis. Connor Grant ronflait légèrement à côté de lui, tandis que Gavin et sa nouvelle épouse, Merewen, étaient allongés non loin de là, blottis l'un contre l'autre pour se protéger du froid.

Son instinct lui disait qu'il y avait quelque chose là, non loin. Mais quoi ? Il attrapa son arc et son carquois, passa devant ses cousins et s'éloigna des gardes Ramsay postés à une courte distance de leur petit groupe.

Un faible murmure lui parvint.

— Gregor, il y a quelque chose dehors?

C'était la voix de Connor. Avant qu'il puisse répondre, une brindille craqua non loin de lui.

Juste après, deux hommes chargeaient Gregor, épées brandies pour tuer.

Bon sang! C'était encore l'une de ces fois où Gregor regrettait de ne pas avoir travaillé plus dur pour développer son habileté à l'épée. Son épée gisait, inutile, sur le sol, à côté de l'endroit où il s'était allongé, une erreur qu'un épéiste plus compétent n'aurait jamais commise. Il n'avait que deux choix, son arc ou ses misérables dagues.

Gregor hurla un avertissement aux autres, car Connor, au moins, était réveillé pour l'ouïr. Ensuite, il jeta son arc à terre et attrapa la dague qui se trouvait dans sa botte. Les ordures foncèrent, la lumière de la lune se reflétant sur les lames que portaient les hommes.

Deux grandes épées.

Qui le visaient directement.

Il se jeta au sol, roula et sauta en arrière pour se donner assez de recul pour frapper avec sa dague, ce qu'il fit, atteignant l'un de ses assaillants dans la partie molle de son ventre. Mais cela ne suffit pas à l'arrêter.

Gregor était un homme mort. Il ne pourrait pas s'éloigner d'eux assez rapidement, et Connor était trop loin pour lui venir en aide.

Alors qu'il préparait sa seconde dague, des images de sa chère mère et de son cher père lui apparurent. Son frère et ses sœurs. Il lança la dague, blessant le deuxième homme au passage, mais cela ne fit qu'accroître sa colère. Les deux pendards continuaient de s'approcher, jusqu'à ce que Connor bondisse devant Gregor et les élimine d'un seul coup d'épée.

Ils firent à peine un bruit avant de s'écrouler, morts, sur le sol.

— Bon sang, Gregor ! haleta Connor. Tu dois porter ton épée ! Je sais que tu préfères ton arc, mais il ne sert à rien de près. Ces minuscules dagues n'arrêteront personne au beau milieu d'une forêt.

Il essuya son épée sur les vêtements de l'homme au sol le plus proche de lui.

Gavin se leva d'un bond, tenant son épée prête pour le combat en l'espace d'un instant. Quelques autres gardes le suivirent rapidement. L'oncle Logan, également connu sous le nom de la Bête des Highlands, avait forcé Gavin à travailler dans les lices, si bien qu'il savait manier plusieurs armes : épées, arc et flèches, dagues et poings.

Gregor essuya la sueur de sa lèvre supérieure en jurant.

— Connor, je vais devoir m'améliorer rapidement si je veux partir à la recherche de Linet. Je ne sais pas si j'aurais pu les abattre tous les deux avec mon épée comme tu l'as fait.

— Oui, tu dois acquérir des compétences. Ton frère est un épéiste chevronné. Torrian ne t'a pas poussé à t'entraîner ?

Gregor repensa aux fois où il avait souffert dans les lices, combattant son frère, son cousin, ou

Cailean MacAdam, maintenant connu comme l'un des meilleurs épéistes du clan Ramsay. Il avait quelques compétences, c'était un archer exceptionnel, mais il avait toujours préféré les champs de tir à l'arc aux lices.

Les parents de Gregor étaient convaincus qu'il n'avait pas besoin de recourir à une épée s'il était suffisamment doué avec son arc et sa dague, et ils ne l'avaient donc jamais poussé dans ce sens. D'un autre côté, Torrian avait insisté sur le fait qu'un jour sa vie pourrait dépendre de sa capacité à manier l'épée. Comme son frère se montrait rarement aussi obstiné, il s'était rendu dans les lices de temps à autre, mais il n'avait jamais eu le cœur à l'ouvrage.

Il aurait dû écouter.

Gregor fit de son mieux pour apaiser sa respiration rapide ; son corps lui rappelait encore qu'il avait frôlé la mort.

— Nous avions prévu de nous arrêter sur les terres Ramsay de toute manière. Je vais m'entraîner avec mon épée pendant quelques jours avant de continuer. Je ne peux pas te laisser seul responsable de notre protection, Connor. Toutes mes excuses.

Connor inclina la tête avec un sourire.

— Visiblement, tu n'es pas dépourvu de compétences précieuses, Gregor. Sans toi, ils nous auraient tous surpris et nous auraient égorgés avant même que nous ayons ouvert les yeux.

En bâillant, Gavin étendit les bras au-dessus de sa tête et dit :

— Je les aurais ouïs avant.

Connor fronça les sourcils en regardant son cousin qui venait de se marier.

— Oui, bien sûr… Je te rappelle que tu dormais avec la tête enfouie contre la poitrine de ton épouse. Je ne suis pas sûr que tu les aurais ouïs.

Gavin s'esclaffa, un sourire penaud sur le visage.

— C'est comme ça que je préfère dormir. Un jour, vous deux, vous comprendrez. C'est un endroit doux et qui sent bon.

— Oui, c'était pareil quand tu dormais contre ta mère, fit remarquer Connor.

Gavin se boucha les oreilles.

— Non, non, non! C'est complètement différent! Oh! Pourquoi m'avoir mis une telle chose dans la tête?

Merewen se redressa, frottant ses yeux pour en chasser le sommeil.

— Gavin, as-tu manqué quelque chose?

Gregor sourit devant les pitreries de ses cousins, mais il ne parvenait pas à chasser le souvenir de ce qui s'était passé ni l'idée que cela aurait pu être bien pire.

— Réveillez tous les gardes. Envoyez-les inspecter les alentours au cas où d'autres pendards s'y cacheraient.

Gavin se rapprocha des gardes.

— Je m'en occupe.

Lorsqu'ils eurent terminé de fouiller les environs, le soleil était presque levé. Heureusement, Gregor aperçut un pommier bien protégé au milieu d'un groupe de pins. Il y avait encore quelques fruits assez fermes pour être mangés, alors il cueillit ce

qu'il put et les rapporta au groupe, en offrant un
à Merewen qui l'accepta avec un grand sourire.

Ils n'avaient pas besoin de beaucoup manger. Ils
seraient de retour sur les terres Grant vers none[5],
après quoi Gregor et Connor prévoyaient de
continuer jusqu'aux terres Ramsay le lendemain.

À leur arrivée, Gregor avait beaucoup à faire
avec son frère.

---

5   Mi-journée.

CHAPITRE DEUX

GREGOR ET CONNOR étaient assis sur l'estrade des Grant dans la grande salle ce soir-là, un véritable festin devant eux, bien que la famille de Connor n'ait pas été prévenue de leur visite. L'oncle Alex et la tante Maddie, les parents de ce dernier, mangeaient avec eux, tout comme ses frères aînés, Jake et Jamie. Ses trois sœurs étaient avec Gracie dans le cottage de la mère de cette dernière. Merewen et Gavin s'étaient déjà installés pour la nuit dans une chambre en haut des escaliers.

Le temps qu'ils terminent leur récit de ce qui s'était passé à Inverness, la nourriture avait refroidi dans les assiettes de tout le monde.

— Vous pensez qu'il y a davantage d'hommes dans le canal ? s'enquit Jake, reposant son verre avant de reculer sa chaise de la table. Est-ce une torture sans fin ?

— Non, je crois que nous sommes proches, répondit Connor. Maggie et Will ont dit que les hommes en charge de l'organisation sont anglais. Nous verrons ce que nous pourrons trouver à Edinburgh, puis, le cas échéant, nous terminerons en Angleterre. Si nous parvenons à arrêter les meneurs, nous devrions pouvoir mettre un terme définitif à ce canal. De plus, ajouta-t-il en lançant un regard à Gregor, nous essayons d'aider Linet Baird.

Gregor acquiesça.

— Je crois que Linet est contrainte à une forme de servitude. J'ai l'intention de l'en éloigner, même si elle a dit à sa sœur qu'elle souhaitait rester avec ses compagnes.

L'oncle Alex, l'un des hommes les plus sages des Highlands, observa son plus jeune fils et lui demanda :

— Et quelle est l'autre raison qui te pousse à voyager avec Gregor ?

Tante Maddie intervint.

— Je pense que c'est évident, Alex. Il veut mettre un terme à tout cela avant que ces pendards n'arrivent sur les terres Grant. Ils ont arraché la pauvre Linet à son lit. Qu'est-ce qui les empêchera d'essayer la même chose ici ?

L'oncle Alex se pencha et embrassa la joue de sa femme, s'y attardant un peu.

— Tu as raison, mais j'aimerais ouïr la réponse de notre fils.

Connor s'éclaircit la gorge, sa manière de repousser sa réponse. Gregor savait que son cousin aspirait à ressembler à l'oncle Alex, même s'il n'était pas aussi doué pour camoufler ses pensées et ses émotions, il s'améliorait.

Lorsque Connor prit la parole, il regarda son père dans les yeux.

— Une autre femme est liée à leur organisation.

Sela, qui dirigeait les combats et la prostitution à Inverness. C'est une femme au cœur extrêmement froid.

Il marqua une nouvelle pause, réfléchissant à ce qu'il venait de dire. Jamie sourit et agita les sourcils.

— Mais elle a attiré ton attention, n'est-ce pas, mon frère ?

Jake avait commencé à sourire lui aussi, mais il ne dit rien, attendant la réponse de Connor.

— Et pourquoi courir après une femme qui n'a aucun respect pour les autres femmes ? l'interrogea l'oncle Alex.

Cette fois, Connor n'hésita pas, et sa réponse rapide était aussi révélatrice que les mots qu'il choisit.

— Parce que je sais qu'elle est exploitée, et que j'aimerais savoir pourquoi, expliqua-t-il, jetant un regard à sa mère. Au début, j'ai cru ce que je voyais, maman, mais il y a quelque chose dans ses yeux. Je pense qu'elle est contrainte... et je ne tolérerai pas qu'on utilise une femme. Pas après ce que tu as vécu.

Tante Maddie se leva et prit la parole.

— Oh, Connor ! s'exclama-t-elle avant de reprendre son ton maternel. Fais ce que tu dois, ce que ton cœur te dicte.

Elle se pencha pour embrasser le front de son fils cadet, puis se tourna vers l'oncle Alex.

— Nous devons le soutenir.

L'oncle Alex secoua la tête.

— Bien sûr. Si tu as besoin d'aide pour quoi

que ce soit à Edinburgh, fais-le-nous savoir. Nous avons confiance en toi, mon fils.

— Et en Angleterre? Parce que je soupçonne que c'est là que leur piste nous mènera, déclara Connor.

— Où que ce soit, Connor. Fais ce que tu as à faire, affirma l'oncle Alex. Mais, ne fais rien d'idiot. Nous avons des centaines de gardes et de nombreux alliés pour vous soutenir. Utilisez-les si nécessaire.

Jake posa une question importante, à laquelle Gregor n'avait pas pensé.

— Le roi Alexandre sera-t-il d'accord?

— Notre roi est en deuil, répondit l'oncle Alex. Pour le moment, il fait confiance aux Grant et aux Ramsay pour assurer la sécurité des Highlands. Il ne remettra pas en question nos motivations ou nos actions.

— Même si nous nous opposons aux Anglais? s'enquit Gregor.

— Même. La haine entre les deux rois est bien connue. Tout le monde sait que les voir s'unir pour soutenir le travail de Maggie et de Will contre le canal était une chose rare. Les deux rois seront reconnaissants des efforts que vous fournissez, mais ne vous attendez pas à ce qu'ils se réunissent à nouveau.

— En d'autres termes, Connor, fais tout ce qu'il faudra, conclut Jamie. Jake et moi aurons assez de guerriers pour toi. Faites-nous parvenir une missive indiquant le nombre de gardes dont vous avez besoin, et nous vous enverrons ces gardes et cinquante autres.

Jake acquiesça d'un hochement de tête. Gregor ne put s'empêcher de sourire. Les hommes du canal de Dubh ne se rendaient pas compte que la pire chose au monde venait de leur arriver.

D'une certaine manière, la tante Maddie en avait fait sa mission personnelle. Ce qui signifiait que c'était également la mission d'Alexander Grant.

Ils étaient sur le point d'éradiquer le canal une fois pour toutes.

— Je vais découvrir ce qui retient ces deux bachelettes, affirma Connor. Je t'en fais la promesse.

Ils chevauchaient à vive allure et arrivèrent sur les terres Ramsay deux jours plus tard. Ce soir-là, Gregor prit son demi-frère Torrian à part et lui demanda s'il voulait bien l'entraîner dans les lices.

— Tout de suite ? s'enquit ce dernier, ce qui était une question raisonnable, étant donné qu'ils se trouvaient à un petit festiage[6] en l'honneur du retour de Gregor d'Inverness.

La grande salle était remplie d'amis et de membres de la famille, la nourriture et la bière garnissaient les tables à tréteaux, tandis que des ménestrels jouaient un air entraînant. Sorcha et Lily préparaient la célébration du mariage et étaient impatientes de partager le bonheur de Merewen et Gavin à leur arrivée. Malheureusement, Gregor n'y serait pas.

---

6   Festival, fête.

Il hocha la tête en réponse à la question de son frère, mais il ne voulait pas lui offrir d'explication.

Torrian pencha la tête sur le côté comme s'il réfléchissait, puis il acquiesça et dit :

— Bien sûr. Nous allons discuter à l'écart des oreilles indiscrètes.

Reconnaissant, il soupira et suivit son frère dehors. Même si Torrian ne pouvait pas s'absenter longtemps, car, après tout, il était chef, le festiage ferait en sorte que leur séance d'entraînement resterait privée.

Ils se dirigèrent vers les écuries en silence, s'arrêtant pour choisir des épées avant de partir en direction des portes.

Une fois qu'ils eurent atteint les lices, Torrian demanda :

— Veux-tu me dire de quoi il s'agit? Cela ne t'a jamais intéressé de manier l'épée, et tes compétences en tir à l'arc sont presque les meilleures du clan.

Étant donné qu'il brûlait d'envie de s'épancher, il décida finalement de ne rien cacher à Torrian. Il lui faisait entièrement confiance.

— Tu sais que cela n'a jamais vraiment eu d'importance pour papa et maman que je m'entraîne à l'épée, alors j'ai choisi l'arc. Maintenant, après tous mes voyages avec les cousins, je me rends compte que je suis désavantagé.

— S'est-il passé quelque chose?

Il joua dans la poussière avec sa chaussure.

— Si Connor n'avait pas été là, j'aurais été tué il y a quelques nuits de cela.

— Combien?

Gregor éprouvait du respect pour la façon dont Torrian allait à l'essentiel, l'une de ses plus grandes qualités en tant que chef.

— Seulement deux, mais le temps que je les ouïsse, ils étaient presque sur moi et mon arc était inutile.

— Et le reste des hommes? Les gardes Ramsay dormaient tous? Parce que cela ne devrait pas être le cas et tu le sais.

Certes, Connor avait lancé quelques mots acerbes aux deux gardes qui avaient négligé leur devoir, mais, en fin de compte, peu importait qui était en tort. Il n'en aurait pas été moins mort.

— Oui, ils se sont endormis. Mais nous les avons fait travailler dur la quinzaine précédant notre départ.

— Ne cherche pas d'excuses aux gardes. C'est pour cela qu'ils s'entraînent. Donc, tes gardes ont failli à leur tâche, personne d'autre que toi n'a ouï les deux pillards, mais c'est à toi que tu reproches ce qui s'est passé? l'interrogea Torrian, lui jetant un regard en coin. C'est admirable de ta part de vouloir améliorer tes compétences, mais, dans cette histoire, tu n'es pas le seul à avoir fait une erreur.

— Néanmoins, j'aimerais m'entraîner pour les améliorer. J'ai déjà travaillé dans les lices, et si je peux m'entraîner un peu avec toi, j'arriverai peut-être à un niveau tel que je ne me ridiculiserai pas.

— D'accord, dit Torrian en retirant sa tunique alors même que l'air de la nuit était frais.

D'ici peu, il serait couvert de sueur.

Une légère brise soufflait, et les branches des arbres s'agitaient doucement. Les terres Ramsay se trouvaient dans le West Lothian, à la limite des Highlands. Il aimait cette terre, les collines et les montagnes, les ruisseaux et les vallées, et tout ce pour quoi son clan s'était battu avec acharnement.

Il avait encore beaucoup à apprendre s'il voulait le protéger avec eux.

À sa grande surprise, Gregor découvrit qu'il n'était pas dépourvu d'habileté et, après plusieurs exercices avec son frère, il estima qu'il pouvait se débrouiller seul dans les lices. Il fut ravi d'ouïr que Torrian avait fait le même constat. Apparemment, le fait qu'il se soit développé au cours des dernières années jouait en sa faveur. L'épée n'était plus l'arme encombrante qu'elle était avant.

— Tu n'es pas encore prêt à affronter MacAdam ou Connor Grant, mais tu pourras te défendre contre un pendard ordinaire qui balance son épée sans réfléchir.

— Merci beaucoup, mon frère, dit Gregor, qui essuya la sueur de son front avec sa tunique avant de la remettre. Je me sens mieux. Je n'ai pas tout oublié. Kyle et toi m'avez bien entraîné.

— Veux-tu me dire pourquoi tu éprouves le besoin de te lancer à la poursuite de Linet?

Torrian rengaina son épée, puis s'installa sur un rocher à proximité, indiquant qu'il n'irait nulle part tant qu'il n'aurait pas d'explication. La question ne surprit pas Gregor, car sa mère lui avait posé la même.

Il fit une pause pour rassembler ses idées, puis dit :

— Cette affaire dans laquelle Linet est impliquée a un lien avec le canal. J'admire son désir d'aider d'autres jeunes filles, mais je crains qu'elle ne soit naïve.

— Tu penses que cette Sela va la trahir ?

— Peut-être. J'ai l'impression qu'elle s'est prise d'affection pour Linet, mais peut-elle vraiment compter sur sa protection ?

— Et que penses-tu de Sela ? Pourquoi Connor s'intéresse-t-il à elle ?

— Il semble croire qu'elle en sait plus qu'elle ne le dit. Linet a expliqué à Merewen que Sela recevait ses ordres de deux hommes, l'un à Edinburgh, l'autre à Londres. Est-ce une coïncidence si ce sont les deux endroits qui sont les pierres angulaires de l'activité du canal, d'après ce que l'on a dit à Maggie ?

Gregor marqua un temps d'arrêt, croisant les bras et fixant la forêt, comme si les réponses qu'il cherchait pouvaient s'y trouver.

Puis

il poursuivit :

— Je pense que nous nous rapprochons enfin des dirigeants du canal. Connor et moi sommes prêts à partir immédiatement, mais nous demanderons de l'aide en cas de besoin.

Torrian acquiesça.

— Peut-être devriez-vous parler aux Baird avant de partir. Et découvrir pourquoi, à leur avis, leur fille ne souhaite pas rentrer à la maison. Cette histoire est plus complexe qu'il n'y paraît. J'ai l'intention de m'occuper de cela aussi après votre départ. C'est un membre de notre clan.

— Un ancien membre de notre clan.

Torrian soupira et se leva.

— Pas tant que je ne l'aurais pas ouï de sa bouche. Pourquoi Merewen a-t-elle abandonné si facilement ?

— Je ne crois pas que ce soit le cas, mais elle est épuisée. Elle ne s'attendait pas à ce que sa sœur la rejette. Mais je pense que, après quelques jours de repos, elle sera impatiente de nous suivre à Edinburgh.

Torrian sourit et dit :

— Si Gavin la laisse se reposer.

— Oui, il est très heureux en ménage, s'esclaffa Gregor. Je ne pensais pas voir cela de sitôt, mais je suis content pour lui. Merewen est plus forte qu'elle n'en a l'air, toutefois, elle n'est pas encore capable de faire un autre long voyage. Elle cache bien sa douleur, mais Fitzroy lui a asséné de méchants coups à Inverness. Je pense qu'ils nous suivront d'ici une semaine, sans doute quand Will et Maggie seront prêts à partir pour Edinburgh.

— Et tu es déterminé à ne pas attendre Will et Maggie ? s'enquit Torrian.

Dans son regard, Gregor vit que son frère s'inquiétait pour lui, et il comprenait pourquoi. Qu'est-ce que deux guerriers pouvaient bien espérer faire contre l'un des derniers avant-postes du raisiau ?

Il fixa le ciel, repensant à tout ce qui s'était passé à Inverness, se rappelant à quel point il s'était senti impuissant lorsque Gavin, Connor et lui avaient trouvé Maggie et Will ligotés à l'intérieur d'une caisse censée traverser la mer. Immobiles comme des morts, leur apparence dans cette caisse le hantait. Pendant un instant, il avait cru être arrivé trop tard pour les aider.

Certes, il comprenait pourquoi son frère était inquiet, mais il ne pouvait pas rester en retrait, ne serait-ce que pour quelques jours. Il irait jusqu'au bout.

— Voir Maggie et Will dans cette caisse, ligotés et proches de la mort, est une chose que je n'oublierai pas de sitôt. Je ne peux pas laisser faire sans réagir tant que nous n'aurons pas trouvé de réponses, et c'est Sela, à Édimbourg, qui les détient, dit-il, posant les mains sur ses hanches, les yeux levés vers le ciel. Je m'entraînerai un peu dans les lices demain matin, mais nous partirons à l'heure de none.

Quelque chose lui disait que la vie de Linet pourrait en dépendre.

CHAPITRE TROIS

LINET SE BLOTTIT dans son manteau,
frissonnant sous le vent froid des Highlands
tandis que Sela et elle guidaient leurs chevaux
vers le bas de l'une des nombreuses montagnes
qu'elles avaient franchies. Trois jeunes filles les
suivaient ; certains gardes étaient devant leur
groupe, d'autres derrière. Le cheval de Linet
trébucha et dérapa, mais elle lui tapota le garrot,
le calmant ainsi de sa panique. Ils avaient presque
dépassé le pire de leur terrible voyage d'Inverness
à Edinburgh.

Sela, en selle devant elle, poussa un juron tandis
que son cheval se frayait un chemin instable entre
les petits cailloux qui roulaient sous ses sabots. La
chute serait rude si son cheval la projetait en l'air
et s'enfuyait.

— Sela, ne le laisse pas ressentir ta peur. Tapote-le
doucement, lui suggéra Linet, craignant le pire.

Si elle était généralement capable de dominer
ses émotions, Sela n'était pas une cavalière
expérimentée, surtout en montagne, et le cheval
l'avait bien senti.

Elle fit de son mieux pour calmer le cheval, mais celui-ci s'élança vers le bas de la ravine. Il était impossible de savoir s'il cherchait à rattraper les chevaux des gardes à une certaine distance devant lui ou s'il voulait simplement descendre de la montagne, mais il s'élança. Sela s'accrocha à sa crinière, criant pour que la bête s'arrête, mais cela ne fit que contribuer à la mettre dans tous ses états.

Ils étaient presque arrivés en bas, où les gardes à l'avant du groupe s'étaient arrêtés près d'un ruisseau pour abreuver leurs chevaux, lorsque la monture de la bachelette décida qu'elle en avait assez de sa cavalière. Elle la projeta vers la droite, au bas d'une petite pente. L'un des gardes se précipita vers elle et lui tendit la main, mais elle le repoussa d'un revers, puis se remit debout en poussant un juron.

— Pendard !

Elle jeta un regard noir à son cheval, qui se tenait maintenant calmement à côté des autres près du ruisseau, même s'il tapa du sabot une fois, comme pour lui rappeler qu'elle avait été difficile, elle aussi.

Linet parvint à maintenir l'allure de sa monture dans la descente. Elle ne voulait pas être projetée elle aussi. Elle arriva en bas et mena son cheval au ruisseau, lui murmurant des mots doux pour qu'il reste calme. Une fois descendue de selle, elle se précipita aux côtés de Sela.

— Es-tu blessée ?

Sela lui lança un regard noir.

— Non, répondit-elle en brossant les cailloux et

les herbes sèches de ses vêtements. Cet imbécile de cheval ne voulait pas m'écouter.

— Parce que tu es nerveuse et que le cheval le ressent. Tu dois essayer de rester calme. Prends plusieurs respirations profondes.

Sela fit ce qu'elle lui suggérait, le regard toujours aussi noir. Quand elle eut terminé, elle rejeta les épaules en arrière.

— Je déteste les Highlands, déclara-t-elle avec dédain, comme si c'était la terre elle-même qui l'avait trahie, et non son propre manque d'habileté à chevaucher.

— Tu dois admettre que c'est une très belle région. Tu ne verrais jamais un tel endroit à Edinburgh.

Sela jeta un coup d'œil à la majestueuse montagne qu'ils venaient de descendre, le ciel gris derrière elle.

— C'est vrai, Leena, mais, entre les sauvages des Highlands et le voyage sur un chemin escarpé et semé d'embûches, je serai heureuse de retrouver le calme des Lowlands.

— Les Lowlands ? murmura Linet. Pourquoi ?

— Parce que j'ai vécu dans les Lowlands, que je parle comme une Lowlander et que c'est le seul endroit où j'ai de beaux souvenirs. Je pourrais m'enfuir dans la forêt et vivre seule.

Interloquée par cet aveu, Linet poursuivit ses questions. Sela n'était pas souvent d'humeur à parler ouvertement, et encore moins à avouer quoi que ce soit qui la concernait personnellement. Elle parlait rarement, sauf pour aboyer des ordres aux gardes.

— Mais, je croyais que tu venais du Nord…

Son physique, sa taille, ses cheveux d'un blond presque blanc et ses yeux d'un bleu clair, tout témoignait d'un héritage nordique.

— Mon père était écossais, ma mère nordique. Assez de bavardage. Calme mon cheval avant que nous ne poursuivions notre voyage à travers cette terre de sauvages.

Linet ne pouvait s'empêcher de se sentir un peu protectrice à l'égard de son propre héritage. Certes, les terres Ramsay se trouvaient presque dans les Lowlands, mais son père avait été élevé comme un Highlander avant de rejoindre le clan Ramsay.

Sela s'avança vers Linet, les mains posées sur les hanches, et se pencha vers elle, l'une de ses tactiques d'intimidation préférées.

— J'ai vu les sauvages, Leena, ou bien, l'as-tu oublié ? J'ai rencontré Connor Grant, l'un des sauvages les plus arrogants que j'aie jamais croisés, et il est féroce avec son épée, alors n'essaie pas de me convaincre du contraire. Ses amis, Daniel et Gavin, d'on ne sait quel clan, étaient brutaux avec leurs poings. Ils sont plus grands que moi, leurs épaules sont deux fois plus larges que les miennes et les muscles de leurs bras sont comme des rochers. Ils se sont rapidement débarrassés de la moitié de nos gardes. Non, nous devons franchir ce col étroit et ensuite nous rapprocher des Lowlands avant que je me repose.

Linet ne se laissa pas convaincre.

— Nous avons déjà traversé les terres Grant et ce ne sont pas des sauvages.

Elle ne s'était jamais opposée ainsi à Sela. Elle baissa la tête, craignant de s'attirer davantage la colère de sa supérieure.

— Connor Grant *est* un sauvage. J'ai été proche de lui. Il est puissant et impitoyable, et il se bat comme une bête. Je n'ai aucune envie de le croiser dans la nature sauvage des Highlands. Es-tu certaine que nous ayons dépassé les terres Grant ?

— Oui, un peu plus tôt aujourd'hui. Connor ne te ferait jamais de mal sans une bonne raison. En outre, tu dois admettre que ses amis et lui sont bien plus beaux que la plupart des hommes.

Elle jeta un regard aux gardes par-dessus son épaule, espérant qu'ils ne l'avaient pas ouïe.

Sela marqua un temps d'arrêt, et Linet remarqua une étrange expression sur ses traits. De la mélancolie, peut-être ?

— Oui, Connor Grant est un bel homme silencieux, on ne peut pas le nier.

Elle regardait au-dessus de la tête de Linet avec tant d'intensité que cette dernière se tourna, s'attendant à voir quelque chose, mais il n'y avait rien.

— Je suis certaine qu'il a de bonnes raisons de me faire du mal après ce qui s'est passé à Inverness. Assez parlé.

Linet aurait pu jurer avoir vu ses yeux s'embuer avant qu'elle tourne les talons pour aller parler aux gardes qui avaient été envoyés pour les escorter jusqu'à Edinburgh.

— Prépare-toi, nous allons partir.

Après une séance d'entraînement ardue dans les lices le lendemain matin, Gregor remonta vers le château, Connor à ses côtés, tous deux essoufflés après leurs efforts.

Connor essuya la sueur de son front, puis dit :

— Gregor, tu t'es amélioré. Si je pouvais progresser aussi rapidement avec un arc, je ferais peut-être plus d'efforts.

— T'es-tu déjà entraîné avec un arc ? demanda-t-il, s'interrompant régulièrement pour respirer.

Connor s'esclaffa.

— Seulement une fois ou deux lors des festiages Ramsay. C'était assez pathétique. J'ai abandonné.

— Je ne savais pas que les Grant abandonnaient, le taquina Gregor. Peut-être devrais-tu t'entraîner quand tu es avec moi. Tu pourrais te servir de tes compétences avec une autre arme.

— J'en ai trois. Cela devrait suffire, répliqua Connor en ouvrant la porte du château, puis il entra et lui tint la porte.

— Trois ? Ton épée, ton poignard… Quelle est la troisième ?

Connor sourit.

— Mes poings. J'aime combattre contre Loki ou MacAdam.

Gregor se dirigea droit vers les cuisines.

— Quand nous aurons mangé, je me rendrai chez les Baird pour discuter de Linet avec eux. J'aimerais partir pour Edinburgh avant que le soleil ne se lève.

— Je serai prêt. Je veux juste plonger dans le loch avant de partir.

Deux petites voix les interpellèrent depuis les tables.

— Oncle Gregor, oncle Connor !

Les jumelles de Lily s'élancèrent vers eux à toute vitesse, du moins pour leurs jambes d'enfants de trois printemps. Lise sauta sur Gregor, et Liliana se jeta sur la taille de Connor.

— Beurk ! dit Liliana, fronçant le nez devant ce dernier. Je sens *quéque* chose.

Gregor éclata de rire, mais s'interrompit brusquement lorsque Lise fit la grimace et dit :

— Je sens *quéque* chose, moi aussi.

— Tu as vu ça ? L'oncle Connor aurait besoin d'un bon bain dans le loch, n'est-ce pas ?

Lise secoua la tête avec véhémence.

— Non, il n'en a pas besoin ? s'enquit Gregor. Mais tu as dit que tu sentais quelque chose.

Lise se renfrogna, puis pointa du doigt la poitrine de Gregor. Sa sœur fit de même.

— Moi ? L'oncle Gregor sent mauvais ?

Les jumelles acquiescèrent à l'unisson.

Il éclata de rire devant leur brusque honnêteté. Il aimait tellement ses nièces !

— Je suppose que je viendrai me baigner avec toi dans le loch, Connor, affirma-t-il, puis il souleva Lise en l'air en poussant un cri avant de l'embrasser sur la joue. Que tu le veuilles ou non, tu auras droit à un baiser odorant avant que nous allions au loch.

Il la reposa et fit de même avec sa sœur. Les visages des petites filles s'illuminèrent.

— Pourrions-nous venir aussi, oncle Gregor ? murmura Lise, comme si elle savait que ce n'était pas permis.

Sa mère, Lily, s'avança vers eux.

— Non, vous ne pouvez pas. Les garçons se baignent seuls dans le loch, les filles. Vous avez terminé votre petit déjeuner, maintenant, venez voir Grandma.

Le visage de Lise se décomposa, mais Connor tendit la main pour lui ébouriffer les cheveux.

— Le loch est bien trop froid pour vous deux. Allez voir votre grand-mère.

Les deux fillettes s'éloignèrent de leurs oncles en courant. Leurs voix résonnèrent dans la grande salle en criant :

— Grandma ! Grandma !

Le château de Ramsay était devenu bien plus animé grâce aux deux petites, ainsi qu'aux deux enfants de Torrian, même si les filles de Lily tenaient les rênes de la maison la plupart du temps, faisant sourire tout le monde. Cette pensée amena Gregor à se demander pourquoi Linet n'était pas heureuse dans le clan Ramsay. Elle avait pourtant toujours semblé apprécier le temps passé avec Lily et les enfants. Et il n'avait jamais rencontré de bachelette qui aimait à ce point lire.

Avait-elle des livres là où ils l'avaient emmenée ?

Soudain, une pensée le frappa : il se tenait à l'endroit même où Linet l'avait serré dans ses bras, un jour.

Elle avait grandi non loin de là, et il l'avait donc vue régulièrement depuis qu'ils étaient petits.

Mais la première fois où il l'avait remarquée, *vraiment* remarquée, c'était le jour où il s'était cassé le bras après une farce particulièrement idiote qu'il avait faite avec Gavin. Sa mère avait écouté l'oncle Logan raconter leurs méfaits : ce jour-là, sa rage lui avait valu le titre de « la Bête des Highlands », puis elle avait emmené Gregor dans sa chambre de guérison. Jamais il n'avait eu autant mal au bras, mais il n'avait pas osé le dire.

Ils avaient presque atteint la chambre quand Linet était entrée dans le château, sans doute pour aider les petits du clan. Sa mère avait étudié la bachelette un moment avant de proposer :

— Linet, pourrais-tu m'apporter ton aide dans la chambre de guérison ? Je dois redresser le bras de Gregor et l'immobiliser. J'ai besoin d'aide.

Linet avait aussitôt acquiescé, ses yeux s'étaient illuminés un moment. Puis elle avait jeté un regard au blessé et avait rougi. Il avait compris qu'elle était enthousiaste à l'idée d'aider la maîtresse de son clan, mais gênée de se retrouver près de lui.

Gregor avait vu de nombreuses bachelettes du clan aider sa mère, mais aucune ne possédait la patience et les capacités de Linet Baird. Sa mère avait commencé à demander quelque chose, et Linet avait achevé la tâche avant d'avoir ouï toute la demande. Elle avait travaillé avec diligence et en silence, avec des gestes doux et habiles, comme si elle avait été guérisseuse pendant des années.

Juste avant que sa mère ne termine le douloureux processus de réparation de son membre, Lily avait passé la tête dans la pièce et annoncé :

— Maman, Gavin n'a pas le droit de s'approcher de Gregor pendant une lune. C'est sa punition.

— Mmmh…, avait dit sa mère une fois Lily partie. Que devrais-je faire de toi? Ton bras va t'empêcher d'aider à la construction des nouvelles huttes, et tu ne seras d'aucune utilité à ton frère dans les lices.

Elle avait réfléchi un instant, puis elle avait lancé un regard à Linet. Posant les mains sur ses hanches, elle avait demandé :

— Linet, n'as-tu pas pris des cours avec Lily pour apprendre à lire ?

L'enthousiasme avait illuminé le visage de Linet.

— Oui, nous venons juste de commencer, mais j'adore lire. J'espère vraiment qu'un jour je serai assez douée pour lire un livre toute seule. J'ai l'intention d'enseigner à ma sœur.

— Tu peux dire à ta mère que j'ai des tâches à te confier au château pour les semaines à venir, et qu'une fois ces tâches accomplies, Gregor passera du temps tous les jours à t'apprendre à lire.

Cela avait été la mission de Gregor, ou sa punition, comme l'avait appelée Gavin une fois qu'ils avaient été autorisés à se parler à nouveau.

Mais cela n'avait pas été une punition pour le garçon. L'esprit travailleur de Linet, sa détermination et le doux son de ses rires chaque fois qu'elle s'efforçait de comprendre un passage particulier, tout cela l'avait impressionné. À tel point qu'il lui avait confectionné un cadeau spécial lorsque leur temps ensemble s'était achevé : une fine bande de laine avec un manche taillé au sommet.

Après avoir soigneusement emballé le paquet et y avoir ajouté un livre, il le lui avait remis le dernier jour de leurs leçons.

— Qu'est-ce que tu me donnes ? avait-elle murmuré en croisant les mains devant elle après avoir arrangé les quelques mèches sombres et soyeuses qui étaient tombées vers l'avant. Je ne mérite rien. C'est moi qui devrais te faire un cadeau pour ton aide et ta patience.

— Non. C'est ma façon de montrer ma reconnaissance pour une élève aussi douée. Tu as fait du bon travail, et il ne te reste plus qu'à t'entraîner pour améliorer ta nouvelle compétence. Vas-y, ouvre-le.

Elle avait tâtonné avec la ficelle et l'emballage en tissu. Ses yeux s'étaient embués tandis qu'elle touchait le livre avec précaution, sa main caressant la couverture avec révérence. Ensuite, son regard s'était posé sur sa création.

— C'est très joli, Gregor, mais je ne suis pas sûre de savoir ce que c'est, avait-elle dit en brandissant l'objet, étudiant le bois finement sculpté.

— Tu dois le placer entre les pages de ton livre pour toujours savoir où tu t'es arrêtée.

Il prit l'ouvrage pour lui montrer comment procéder.

Linet Baird avait posé le livre et avait serré Gregor dans ses bras. Ses douces courbes s'étaient fondues contre lui et quelque chose s'était produit en lui, alors qu'il n'avait que seize printemps. Il avait remarqué une bachelette et il ne l'avait toujours pas oubliée.

Si seulement il n'avait pas été trop prudent pour

l'approcher à l'époque ! Pour lui faire part de ses sentiments. Si seulement il n'était pas trop tard…

Il se frotta le menton, appréciant ce souvenir pour ce qu'il était : une motivation pour retrouver Linet et ne pas abandonner.

Il fallait qu'il la retrouve.

Gregor suivit les jumelles pour aller saluer sa sœur, mais celle-ci secoua résolument la tête.

— Non, s'il te plaît, ne fais pas ça. Pas avant d'être allé au loch. Les petites ne mentent pas, Gregor. Vous sentez mauvais tous les deux.

Il ne put s'empêcher d'embrasser la joue de Lily et de rire en la voyant plisser le nez à cause de l'odeur.

— Allez-y maintenant…

— Nous devons d'abord manger quelque chose, puis nous partirons.

Elle agita la main devant son nez.

— Venez, les filles. Nous allons nous cacher dans la chambre de Grandma.

Cette pensée le fit sourire. Sa mère adorait être grand-mère. Soudain, il se rendit compte que sa mère avait passé pas mal de temps avec Linet, et que cette dernière avait toujours semblé admirer l'autre femme. Elle avait appris tout ce qu'elle savait de la guérison auprès de la mère de Gregor.

Le château de Ramsay était un endroit heureux. Qu'est-ce qui avait poussé Linet à partir ?

CHAPITRE QUATRE

UN PEU PLUS tard, Gregor, tout juste sorti du loch dans lequel il s'était lavé, se dirigea vers la hutte des Baird. Il frappa à la porte et fut rapidement invité à entrer.

Wallace Baird se leva pour l'accueillir, et Gregor les salua, sa femme et lui, d'un hochement de tête.

— Qu'est-ce qui amène le frère du laird ici ? s'enquit Wallace, un léger tremblement dans la voix.

Il lança un regard accusateur à sa femme.

— J'ai quelques questions. Puis-je ? demanda Gregor en pointant un tabouret près de l'âtre.

Le petit feu qui s'y trouvait l'aiderait à se sécher un peu plus vite.

— Oui. Finnola, trouve-lui une cervoise.

Comme si elle était habituée à recevoir des ordres, elle s'empressa de s'exécuter. Gregor accepta la boisson avec un geste de la tête.

— J'ai des nouvelles de Linet, mais j'ai aussi quelques questions.

— Je dois me rendre à ma forge, dit Wallace, comme pour le presser.

Peu importait : Gregor n'était pas d'humeur à

se laisser bousculer. La mère de Linet demanda timidement :

— Nous avons ouï dire que Merewen et Gavin Ramsay s'étaient mariés. Est-ce vrai ?

— Oui, ils se sont mariés à Inverness. J'espère que cela vous fera plaisir à tous les deux. Ils devraient être là d'ici un jour ou deux.

Il décida qu'il valait mieux ne pas mentionner la douleur que Merewen ressentait depuis son séjour à Inverness, la raison même pour laquelle ils n'étaient pas encore arrivés sur les terres Ramsay.

— Je suis très heureux qu'elle ait épousé le neveu de notre laird. C'est un homme bien, tout comme vous, déclara Wallace en essuyant la sueur de son front avec un carré de lin.

Ni lui ni sa femme ne s'étaient assis depuis que Gregor avait franchi la porte. Tous deux restaient debout, gênés, et, de temps à autre, Wallace faisait quelques pas dans la pièce.

— Je vous remercie, dit Gregor. Vous avez toujours travaillé très dur et le clan Ramsay l'apprécie. J'ai d'autres questions à vous poser. Asseyez-vous, s'il vous plaît.

— Bien sûr, répondit Wallace, s'asseyant sur un tabouret avant de faire signe à sa femme de suivre son exemple. Je suis très fier de Merewen, mais nous n'avons pas ouï grand-chose, si ce n'est que Linet ne viendra pas avec elle. Nous sommes tristes qu'elle n'ait pas été retrouvée.

Gregor le corrigea :

— En fait, Linet *a* été trouvée. Aucun d'entre nous n'a pu parler avec elle, en dehors de Merewen.

Wallace bondit de son tabouret.

— Quoi ? Mais les gardes n'ont rien dit ! Mal et Struan leur ont posé des questions. Mal est parti à sa recherche tout seul. Il est parti trois jours entiers avant de revenir.

— Nous n'avons rien dit aux gardes. Il s'agit d'une affaire personnelle et nous n'avons pas jugé qu'il serait approprié d'en parler. Linet est en bonne santé et travaille comme guérisseuse pour une femme à Inverness.

Finnola porta aussitôt sa main à sa poitrine, et Wallace dut l'attraper pour l'empêcher de glisser du tabouret.

— Elle rentre à la maison ? Oh ! Quelle bénédiction ! Je dois aller à la chapelle, et dire au père Rab…

— Non, l'interrompit Gregor avec un geste de la main. Elle ne souhaite pas revenir. Merewen lui a proposé de la libérer de ce dans quoi elle était impliquée, mais Linet a refusé, disant qu'elle était heureuse là où elle était. Elle se sert de ses talents de guérisseuse, et elle apprend aux autres bachelettes à lire.

— Des livres ! Je savais qu'elle nous causerait des ennuis ! On ne devrait pas apprendre aux bachelettes à lire, à utiliser des armes ou…, s'exclama Wallace Baird en bondissant à nouveau de son siège, manquant de trébucher. Je lui ai dit et répété qu'elle n'était pas autorisée à apprendre à lire. Linet et ses livres ! Merewen et son arc !

Un souvenir de Linet souriant devant un livre, les yeux remplis de satisfaction et d'enthousiasme, refit surface dans l'esprit de Gregor. Dire que son père avait voulu lui retirer cela ! La colère lui brûlant le ventre, Gregor se leva.

— J'en ai assez ouï. Votre fille a l'un des esprits les plus brillants que j'aie jamais connus. Et vous devez également savoir que Merewen est une archère accomplie. Elle a tué quatre hommes lors d'une escarmouche non loin de nos terres. Nous aurions à coup sûr perdu des gardes si elle n'avait pas mis en œuvre les compétences qu'elle a acquises. Je suis reconnaissant qu'elle ait su comment tirer.

— Je lui ai dit qu'elle n'avait pas le droit…

Le visage de Wallace avait tourné au rouge foncé, comme une pomme d'automne.

— Baird, je commence à voir le problème. Mais avant que je vous explique, permettez-moi de vous rappeler que Merewen est maintenant mariée. Mon cousin Gavin est ravi qu'elle possède ces compétences, et je pense qu'ils s'entraîneront souvent ensemble. Cela ne vous concerne plus.

Heureusement, l'homme était assez malin pour fermer sa bouche, mais il laissa éclater sa frustration en arpentant frénétiquement la petite hutte.

— Merewen a vraiment aidé ? Vous êtes sûr ? s'enquit sa mère.

Une certaine émotion se lisait dans ses yeux, mais il n'était pas sûr de ce qu'elle signifiait. Il espérait que cela indiquait que la mère des jeunes filles était plus attachée à elles que leur père.

— Oui, je l'ai vue tirer de mes propres yeux, et vous pouvez être fière de votre fille. Moi, je le suis, mais ce n'est pas la raison de ma venue.

En tant que frère du laird, je suis ici pour vous demander pourquoi, à votre avis, votre fille Linet ne souhaite pas revenir au sein du clan Ramsay. Je m'inquiète pour elle.

Le regard de Finnola retomba sur ses mains, désormais croisées sur ses genoux.

— Que suggérez-vous exactement, Gregor Ramsay ? demanda Wallace qui se tenait debout devant lui, les mains posées sur ses larges hanches.

C'était un homme de grande taille, mais plus aussi en forme qu'à l'époque où il était en pleine force de l'âge. Pourtant, Gregor n'avait aucune envie de se mesurer à lui.

— Je vous demande s'il lui est arrivé quelque chose récemment qui aurait pu provoquer ce changement chez elle. A-t-elle été attaquée ? A-t-elle eu un prétendant qui l'a malmenée ? Faisait-elle fréquemment des cauchemars ? Y a-t-il quelque chose que votre laird devrait savoir ?

Wallace tourna les talons et s'éloigna à grands pas.

— Rien. Il ne s'est rien produit pour qu'elle ressente ce genre de choses. Elle travaillait dur, comme tous nos enfants, mais pas plus…

Sa femme toussa.

— Qu'est-ce qui se passe ? grogna Wallace. Tu nies ce que je dis, femme ?

Elle tripota les plis de sa robe en laine délavée, puis dit :

— Merewen est plus résistante que Linet. Ma Linet est plus tendre. Le travail physique était pénible pour elle et elle déployait tous ses efforts en toutes circonstances. Au lieu de se contenter de laver les vêtements dans le ruisseau, elle les battait jusqu'à ce que ses articulations saignent. Il n'y avait aucune raison pour qu'elle travaille aussi dur. Mais je ne pensais pas qu'elle détestait ça au point de…

Elle porta la main à sa bouche et Gregor vit qu'elle était sur le point de pleurer.

Il n'y avait aucune raison pour qu'il insiste davantage sur le sujet. Il avait sa réponse, ils ne savaient rien. Si quelque chose était arrivé à Linet, elle aurait été bien plus encline à se confier à Merewen qu'à ses parents, et elle ne l'avait pas fait.

Il se leva.

— Je me posais simplement la question. Lorsque Merewen arrivera avec son mari, elle pourra vous en dire davantage sur ce qu'a dit Linet. Bien sûr, vous comprenez qu'elle ira vivre dans le château avec son époux, mais je suis sûr qu'ils viendront nous rendre visite dès qu'ils le pourront.

Gregor les salua tous les deux d'un signe de tête, tandis que Wallace passait son bras autour des épaules de sa femme.

Cela s'était passé comme il l'avait imaginé.

Il allait devoir découvrir la vérité lui-même.

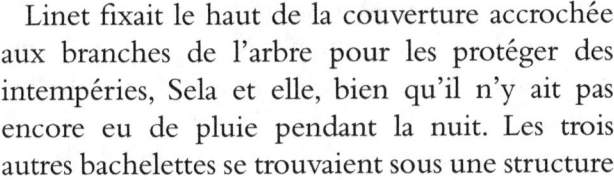

Linet fixait le haut de la couverture accrochée aux branches de l'arbre pour les protéger des intempéries, Sela et elle, bien qu'il n'y ait pas encore eu de pluie pendant la nuit. Les trois autres bachelettes se trouvaient sous une structure similaire, sous un arbre voisin. Ils se rapprochaient d'Edinburgh.

Le voyage avait duré plus longtemps qu'elle ne l'avait imaginé, sans doute parce qu'elle n'en avait jamais fait d'aussi long. Elle essuya ses larmes, se reprochant en silence d'être si sensible.

Mais Winnie lui manquait beaucoup. La vie avait toujours été exigeante, mais elles avaient trouvé le moyen de se rendre mutuellement heureuses. Linet avait regardé Winnie s'entraîner avec son arc et ses flèches, s'émerveillant de la capacité de sa sœur à toujours atteindre sa cible exactement au centre, et cette dernière avait encouragé les visites de Linet au père Rab, qui lui permettait de lire tout ce qu'il avait dans sa bibliothèque. Bien sûr, elles avaient dû garder leurs intérêts pour elles. Leur père avait cassé l'arc de Merewen en deux, et il avait arraché les pages du livre préféré de Linet avant de les éparpiller sur le sol. Heureusement, le cadeau que Gregor lui avait confectionné ne s'était pas trouvé dans cet ouvrage. Elle l'avait gardé bien caché pour qu'il soit en sécurité.

Ce cadeau lui avait permis de traverser de nombreuses périodes difficiles. Chaque fois qu'elle avait eu l'impression de perdre le contrôle, elle le prenait dans sa main et pensait à Gregor. À sa patience. À son doigt sur le parchemin lorsqu'il pointait des lettres et des phrases. À ses yeux bruns chaleureux, qui avaient le pouvoir de réduire ses pensées en bouillie.

Peut-être aurait-elle dû lui faire part de ses sentiments. À une ou deux reprises, elle avait eu l'impression qu'il était sur le point de lui faire une déclaration, mais cela n'avait été que fugitif.

Elle avait toujours espéré qu'il reviendrait lui rendre visite, mais il avait rarement été là au cours de l'année passée.

Jamais elle ne s'était confiée à Merewen sur ses sentiments, car, connaissant sa sœur, l'éternelle rêveuse, elle n'aurait pas laissé le sujet en suspens. C'était l'un des deux secrets qu'elle avait cachés à Winnie. Ses sentiments pour Gregor ? Un rêve trop doux et trop bête pour être partagé. L'autre secret ? C'était un véritable cauchemar.

À présent, elle était partie avec Sela, laissant derrière elle ses rêves et ses cauchemars. Elle commençait à penser qu'elle avait commis une erreur, même si elle ne savait pas trop ce qu'elle aurait pu faire d'autre. Retourner chez elle, au clan Ramsay ? Jamais !

Elle remua sous la pile de fourrures que les hommes avaient déposée pour les deux femmes, et se tourna sur le côté. Si les fourrures étaient plus agréables que le sol dur, elles n'étaient pas comparables au lit qu'elle avait partagé avec sa sœur à la maison. Il était rempli de bruyère et parfumé, elle pouvait s'y enfoncer et s'y endormir en un instant.

Le sommeil la fuyait cette nuit-là. Elle roula sur le côté, face à Sela, frôlant accidentellement la main de cette dernière avec la sienne dans l'obscurité.

C'était une erreur.

Sela se redressa brusquement, bondit hors des

fourrures en criant et en agitant les bras, répétant un mot en boucle.

— Araignée, araignée, tuez les araignées! Quelqu'un, s'il vous plaît!

Elle semblait en transe, agitant toujours les bras. Elle continuait à hurler au sujet des araignées en tapant du pied. Finalement, elle couvrit sa tête de ses mains, puis poussa un long et douloureux gémissement sonore.

— Sela, il n'y a pas d'araignées. Je n'en vois aucune.

Elle regarda attentivement la couverture et ne trouva rien du tout. Elle ne parvenait pas à rassurer l'autre bachelette. Les cris déchirants continuaient, et Linet ne supportait pas de l'ouïr souffrir ainsi. Elle tira sur sa main.

— Sela! s'exclama-t-elle, secouant le bras de l'autre femme jusqu'à ce que ses yeux d'un bleu glacier se posent sur elle. Il n'y a pas d'araignées.

Sela porta les mains à son visage, comme si elle avait besoin de se cacher de tout. Linet voulut poser la main sur son épaule, mais l'autre bachelette la repoussa.

— Je vais bien. Ne me touche pas.

— As-tu peur des araignées? S'est-il produit quelque chose dans ton passé?

— Non. Pourquoi me poser une question aussi ridicule? Je suis capable d'écraser une araignée à main nue. J'ai cru qu'il y avait un serpent au milieu des fourrures.

Elle tourna les talons et s'enfonça dans la forêt.

Sela ne pouvait pas cacher sa respiration

irrégulière due à la frayeur qu'elle venait d'avoir, mais Linet n'avait pas l'intention de la presser.

L'un des gardes s'approcha d'elle et murmura :

— Ce n'est pas la première fois, ma jolie. Ignore-la. Rendors-toi. Tu auras besoin d'être bien reposée ce soir. Nous serons à Edinburgh en milieu d'après-midi.

Le commentaire du garde remplit Linet d'effroi.

Pourquoi aurait-elle besoin d'être reposée pour leur première nuit à Edinburgh ?

CHAPITRE CINQ

GREGOR ET CONNOR partirent pour Edinburgh peu après leur arrivée sur les terres Ramsay, emmenant avec eux une douzaine de gardes. Ils s'arrêtèrent en milieu de journée pour satisfaire leurs besoins naturels.

— Crois-tu que Maggie et Will sont déjà partis ? s'enquit Connor, qui mâchait des feuilles de menthe.

— Non. Ils ont tous les deux été davantage blessés qu'ils ne l'ont avoué. Will, en particulier, avait très mal aux jambes. Et je doute que Maggie pousse son père à travailler avant qu'il soit prêt.

— Oui, l'oncle Logan avait l'air très mal en point, mais il a réussi à rejoindre Inverness depuis les terres Grant.

— C'est vrai, répond Gregor. Mais il était poussé par un puissant besoin de voir que nous étions tous en bonne santé. Je crois qu'il s'est détendu dès qu'il a pu poser les yeux sur Maggie et Gavin. Pendant la bataille, il est resté volontairement en retrait pour protéger Merewen. Il a besoin de temps pour se rétablir… mais le lui faire admettre, c'est une autre histoire.

Ils s'arrêtèrent près d'un ruisseau pour abreuver les chevaux. Gregor écouta les bruits de la forêt, le son apaisant de l'eau qui coulait, le bruissement des feuilles, moins fort que d'habitude parce que l'automne était passé. Les pins se balançaient au gré du vent, mais de nombreux animaux étaient déjà entrés en hibernation. Ils n'avaient pratiquement pas vu d'écureuils, même si quelques-uns se précipitaient pour ramasser des feuilles afin de garnir leur tanière.

Cela lui rappela que l'hiver était proche. Qu'il fallait qu'ils agissent rapidement et qu'ils détruisent les derniers vestiges du canal dès maintenant. Sinon, cette organisation maléfique aurait le temps de se réorganiser, ce qu'ils ne voulaient pas.

Il n'oyait pas le moindre bruit de chevaux alentour. Cela lui convenait, car il n'était pas encore prêt à éprouver ses nouvelles compétences à l'épée ; les muscles de ses épaules étaient encore endoloris par ses multiples séances d'entraînement. Les nuages étaient bas au-dessus des montagnes qu'ils avaient franchies, l'un des sites préférés de Gregor dans les Highlands. Il aimait regarder les montagnes depuis une grande prairie. À un moment donné, il avait demandé à Connor de ralentir lors de leur voyage de retour vers les terres Ramsay, simplement pour qu'il puisse s'imprégner des merveilles de l'Écosse.

Connor s'installa sur un tronc, les yeux tournés vers l'eau.

— Combien de temps avant que Gavin convainque Merewen de nous suivre ?

— Tu veux dire, combien de temps avant que Merewen convainque Gavin de nous suivre? demanda Gregor avec un sourire en coin.

— C'est vrai. J'ai presque failli croire qu'ils viendraient avec nous.

— Merewen aussi est douée pour masquer sa douleur. Il serait bon pour elle qu'elle discute de Linet avec ses parents. Lorsque j'en ai parlé avec eux, ils n'ont pas voulu me croire.

L'impression de passer à côté de quelque chose le taraudait. Il était d'accord avec son frère : Linet avait une bonne raison de choisir de ne pas revenir. Ils devaient la découvrir, et ils devaient l'aider.

Connor grogna.

— Je n'accepterais pas aisément que mon enfant ne veuille pas revenir dans notre clan. Cela n'a rien de surprenant de leur part. J'espère simplement que nous pourrons trouver Linet et Sela si elles sont à Edinburgh. Cependant, nous sommes bientôt arrivés à destination, et nous devrions donc réfléchir à l'endroit par où commencer.

— Nous retournons au raisiau clandestin. C'est là que nous les trouverons. Après tout, Sela avait dirigé l'opération clandestine à Inverness, avec des cercles de combat composés d'hommes et de femmes.

Connor se leva et s'approcha du bord du ruisseau, se penchant pour attraper une autre poignée de feuilles de menthe. Aussitôt, un objet passa au-dessus de lui, à l'endroit exact où il se serait tenu s'il ne s'était pas penché. Il se leva et se tourna vers l'endroit d'où il était venu.

— Qu'est-ce que c'est?

Gregor se leva et prit son arc dans une main et son épée de l'autre.

— C'était une grosse pierre destinée à t'assommer.

Il fit signe à la douzaine de gardes qui les accompagnaient de se placer aux alentours dans l'espoir qu'ils puissent encercler le groupe de pendards. Il pria pour qu'ils soient moins de cinq.

Une autre pierre atterrit avec un grand *plop* près de l'arbre à côté d'eux. Gregor fit signe à Connor de se rapprocher de l'endroit où elle était tombée, un plan en tête.

Leur sacoche de nourriture se trouvait de l'autre côté de la clairière. Était-ce là ce qu'ils cherchaient?

Il se glissa derrière un arbre non loin de leurs provisions. Connor, comprenant son idée, se mit à faire des commentaires à voix haute en décrivant des cercles, essayant d'attirer l'attention des brigands sur lui. Dans un mouvement qui les surprit tous les deux, deux garçons sortirent des arbres et foncèrent droit sur la nourriture.

Ils lancèrent des poignées de cailloux directement sur Connor, qui fut contraint d'esquiver l'assaut. S'il s'était agi d'hommes, il aurait pu les attaquer avec son épée, mais ce n'étaient que des enfants, et ils n'étaient armés que de pierres.

Gregor les surprit en surgissant de derrière l'arbre; il en saisit un par la taille après qu'il eut volé des galettes d'avoine et des pommes.

Connor dut poursuivre le second et le rattrapa, le ramenant dans la clairière pour qu'il réponde à leurs questions.

Un de leurs gardes, Owen, s'approcha et siffla.

— Mon garçon, vous avez fait une grosse erreur en vous attaquant à ces deux-là.

Ils avaient revêtu leurs vêtements noirs puisqu'ils devaient agir en tant que bande de cousins, et non en tant que membres des clans Ramsay et Grant. Les gardes ne portaient pas non plus leurs plaids.

Le prisonnier de Connor, assez mince avec des cheveux sombres et mal coiffés, brandissait ses poings vers lui, donnant des coups de pied à tout ce qu'il pouvait. Le rouquin que Gregor avait attrapé se battait presque aussi fort que son compagnon, mais il était un peu plus petit.

— Qu'est-ce qui vous amène ici ? demanda Connor en tenant le garçon qui se tortillait autour de la taille. Dites-moi la vérité et je vous laisserai partir.

— Rien. Nous voulions juste la miche de pain que vous mangiez.

En même temps qu'il le disait, il essayait de se libérer.

Le deuxième garçon dit :

— Nous avons faim. S'il vous plaît…

Tout débraillé qu'il était, il avait l'air honnête. Gregor se pencha, prit une miche de pain dans la sacoche restée au sol et la brandit près du visage du garçon.

— Ça ? C'est tout ce que vous voulez ?

L'expression de pur besoin qui se lisait sur le visage de l'enfant lui donna la réponse. Il fut frappé par la maigreur des deux petits. Il posa le garçon à terre.

— Quand avez-vous mangé pour la dernière fois ?

— Pourquoi ? demanda le prisonnier de Connor avec beaucoup d'arrogance. Arrêtez de nous poser des questions. Donnez-nous simplement à manger, et nous vous laisserons tranquille. Partager. C'est ce que dit notre Seigneur. Nous devons partager avec les autres.

Connor le posa sur ses pieds et le tint par la peau du cou.

— Où habitez-vous ?

— Nous vivons à Edinburgh, dit le gamin près de Gregor. Et nous n'avons pas mangé depuis deux jours. S'il vous plaît, my lord ?

Son expression remua quelque chose au creux du ventre de Gregor. Bon sang ! Pourquoi fallait-il qu'ils aient l'air si maigres ?

— Nous vous donnerons le pain et les gâteaux d'avoine si vous restez et répondez à quelques questions. Sinon, nous avons près d'une douzaine de guerriers qui vous poursuivront.

Le garçon près de Connor demanda :

— Vous n'allez pas nous livrer au shérif ?

Connor secoua la tête, se frotta le menton, puis dit :

— Non, je ne vous livrerai pas. Quel est ton nom ?

— Thorn.

Connor le relâcha et attrapa deux gâteaux d'avoine qu'il lui tendit :

— Thorn, c'est ça ? Le fils de Thor ?

Le gamin ne parvenait pas à détacher son regard des gâteaux d'avoine.

— Une dernière question. Quel clan ?

Thorn croisa le regard de Connor et affirma :

— Le clan Grant. Alexander Grant est mon père.

CHAPITRE SIX

GREGOR ÉCHANGEA UN regard avec son cousin, faisant de son mieux pour cacher son sourire en coin. Le garçon avait menti, mais pourquoi ? Il décida de creuser un peu le sujet.

Il attrapa le gamin près de lui par l'épaule et lui demanda :

— Quel est ton nom ?

— Nari. Fils de Loki.

Gregor fut si choqué qu'il ne dit plus un mot pendant un moment. Puis il répéta.

— Le fils de Loki. Hmmm... Loki Grant est ton père ?

Nari le regarda comme s'il était idiot.

— Non, fils de Loki, le dieu nordique. Je suis du clan Ramsay.

Il hocha la tête avec insistance, comme si cela pouvait les convaincre de croire à son mensonge. Voilà qui s'annonçait divertissant. Owen surgit de derrière le groupe, une expression choquée sur le visage.

— Est-ce que je viens de l'ouïr dire qu'il est du clan Ramsay ?

Gregor leva la main pour lui intimer de ne pas

corriger le garçon. Il jeta un regard à Connor, mais il dut se détourner de peur de trahir la plaisanterie : son cousin se couvrait la bouche, se retenant difficilement de rire.

Gregor parla le premier, prenant soin de cacher son amusement en pinçant les lèvres et en croisant les bras.

— Ainsi, l'un de vous deux est du clan Grant, et l'autre du clan Ramsay, et pourtant vous voyagez ensemble ? Pourquoi n'êtes-vous pas au sein de vos clans respectifs ?

Thorn releva le menton et affirma :

— Mon père m'a envoyé voir ce qui se passait à Edinburgh. Je dois lui faire mon rapport bientôt. C'est là que nous nous rendons maintenant.

Il croisa les bras, imitant Gregor, et pinça même les lèvres de la même façon. Nari se rapprocha de son ami, comme pour emprunter un peu de sa confiance en lui. Il était manifestement plus jeune et moins enclin aux mensonges que Thorn.

— Vous mentez. Tous les deux, affirma Connor, croisant les bras pour imiter les autres.

Il ne s'attendait pas à la réaction qu'il obtint.

— Non, je ne suis pas un menteur ! s'exclama Thorn, qui s'avança vers lui en brandissant son poing.

Connor l'attrapa avant qu'il puisse porter le moindre coup.

— Waouh, mon garçon ! Ne me frappe pas, sinon tu le regretteras. Vous *mentez*.

— Non, je suis du clan Grant. C'est *vous* qui mentez !

Gregor examina les visages sales des garçons,

leurs vêtements usés, leurs corps maigres, et Loki Grant surgit dans son esprit. Avant d'être adopté par le clan Grant, il avait vécu dans les rues d'Ayrshire. Son fils adoptif, Kenzie, avait également vécu dans la rue. Tous deux avaient été contraints de se montrer plus durs que leur âge pour survivre. Peut-être abordaient-ils le problème de la mauvaise manière. Il se passa une main sur le visage, se demandant comment il pourrait rendre les choses plus faciles pour les deux enfants. Ne mentirait-il pas, lui aussi, pour remplir un ventre vide, surtout s'il avait leur âge ?

Gregor jeta un coup d'œil à son cousin et marmonna un mot à Connor :

— Kenzie.

Aucun des deux garçons ne comprit, mais Connor s'adoucit. Néanmoins, il poursuivit.

— Tu ne portes pas de plaid Grant, mon garçon.

— C'est un vieux plaid Grant, mais il est délavé.

— Tu portes un plaid vert. Ce n'est pas un plaid Grant.

Thorn ne manquait pas de courage. Il fit un pas vers Connor, sans doute l'homme le plus grand qu'il avait jamais vu, et il pencha la tête en arrière pour lui hurler dessus.

— Comment pourriez-vous le savoir ? Vous pensez être plus fort que tout le monde ? Un gros malin débarque dans la ville et se croit plus sage que nous tous.

Il croisa ensuite les bras et se posta devant Connor ; il ne voulait pas lui céder. Connor se dirigea vers son cheval, puis il conduisit la bête vers les garçons pour qu'ils voient la taille de son destrier, bien plus grand que n'importe quel autre à Edinburgh.

— Bon sang de bonsoir ! Où avez-vous trouvé ce cheval ? murmura Nari en fixant la bête qui s'ébrouait.

— C'est mon père qui me l'a donné.

Connor fouilla dans sa sacoche à l'arrière de sa selle. Il en tira une longueur de tissu qu'il brandit devant les deux garçons.

— C'est un plaid Grant, mon garçon. Pas ce que tu portes.

Thorn fit tout son possible pour ne pas montrer sa peur, mais Nari en manifesta suffisamment pour eux deux, ses sourcils touchant presque la racine de ses cheveux. Son regard s'attarda sur l'énorme épée de Connor.

— Thorn, tu as mis en colère un guerrier Grant. S'il vous plaît, ne nous tuez pas, my lord.

— Nous ne vous ferons pas de mal, le rassura Connor, tendant la miche de pain à Thorn. Elle est à toi, mais tu dois t'asseoir sur le tronc et nous dire d'où vous venez vraiment. Plus de mensonges.

Thorn jeta un coup d'œil par-dessus son épaule à Nari, qui répondit rapidement :

— Je vous dirai tout ce que je sais si je peux avoir un peu de pain. S'il vous plaît.

Les deux enfants s'assirent sur le tronc, et Connor et Gregor prirent place sur des rochers en face d'eux. Gregor attendit qu'ils aient mangé chacun deux bouchées de pain, simplement parce qu'il lui était douloureux d'être témoin de leur faim. Comment penser de façon rationnelle quand on est aussi affamé ?

— Bon, dites-nous qui vous êtes vraiment, et pourquoi vous vous trouvez en périphérie d'Edinburgh et pas dans la ville, demanda Connor.

Thorn regarda son ami et murmura :

— Je vais leur dire, Nari. Continue à manger.

Gregor arqua un sourcil en direction de Connor. Le jeune garçon protégeait son ami, ce qui était une qualité admirable.

— Ma mère est morte en me mettant au monde, expliqua Thorn. Mon père est parti en mer. Il m'a dit que je pouvais rester avec celui de Nari jusqu'à ce qu'il revienne.

Nari intervint pour terminer l'histoire.

— Sauf qu'il ne reviendra pas. Papa a dit que son bateau avait coulé. C'était l'un des hommes de Dubh.

Connor ouvrit la bouche pour prendre la parole, mais Gregor lui fit signe de laisser les garçons terminer. Il ne voulait pas interrompre cette conversation. Tout enfant dont le père faisait partie du canal de Dubh devait avoir des connaissances à partager.

— Mon père s'est fâché parce que le père de Thorn et lui étaient amis, alors il est allé voir les hommes de Dubh, et il n'est jamais revenu.

— C'était il y a combien de temps, mon garçon ? s'enquit Gregor.

— Il y a deux lunes.

— Nous avons ouï dire qu'il avait été tué par un sanglier, mais je ne les crois pas, dit Thorn. Le père de Nari aurait pu tuer un sanglier à mains nues, et il avait toujours son épée avec lui.

Le garçon s'interrompit, fixant le sol. Il prit une nouvelle bouchée qu'il mâcha en silence.

— Ils nous ont menti. Tout le monde nous ment.

— Où est ta mère, Nari ?

— Je n'ai jamais connu ma mère. J'ai toujours vécu avec mon père.

— Quel âge avez-vous ? leur demanda Gregor.

— J'ai sept printemps, et Thorn en a huit. Il est plus vieux que moi.

Les garçons continuèrent à manger sans donner davantage d'informations. Gregor décida alors que c'était le moment de les presser. Étaient-ils vraiment restés seuls, livrés à eux-mêmes, pendant deux lunes ? Ils auraient pu être piétinés, encornés et dévorés par des sangliers.

— Écoutez, je vous crois, mais pourquoi n'êtes-vous pas à Edinburgh ? Ne pourriez-vous pas vivre derrière une auberge, ou travailler dans les écuries pour avoir un endroit où dormir ? Ne serait-ce pas plus sûr ?

Les deux garçons secouèrent violemment la tête, les yeux écarquillés par la peur. Même Thorn avait abandonné son rôle de dur.

— De quoi avez-vous peur ?

Nari lança un regard à Thorn, qui lui fit un signe de tête presque imperceptible.

— Des hommes de Dubh, murmura Nari d'une voix tremblante.

— Du canal de Dubh ? insista Connor.

— Oui. Ils ont tué nos pères, et maintenant, ils

vendent des garçons. Ils ont failli capturer Nari, mais je l'ai récupéré. Maintenant, nous vivons ici, dans la forêt. Il y a une grotte par là-bas, dans laquelle nous dormons.

Comme il protégeait toujours son ami, il ne fit aucun geste dans la direction de la grotte. Il souhaitait sans doute garder le secret, au cas où ils auraient besoin de s'enfuir.

— Mais il y fait froid, le sol est dur, et nous avons souvent faim, expliqua Nari. Pourrions-nous voyager avec vous ?

Le regard plein d'espoir qu'il lança à Gregor lui fit l'effet d'un coup de poignard dans le ventre. Le canal avait fait du mal à tant d'enfants… Il y en avait trop pour les compter. Kenzie et Steenie avaient failli être vendus, ainsi que de nombreuses bachelettes. Il ne pouvait pas laisser ces deux garçons risquer leur vie plus longtemps.

Il se tourna vers Connor pour croiser son regard, mais son cousin le regardait déjà. Il n'avait pas besoin de lui demander son avis. Il hocha la tête une fois, d'un geste précis.

— Eh bien… il n'est pas dans nos habitudes d'en avoir, mais j'ai besoin d'un écuyer, remarqua Connor. Il se peut que nous nous rendions en Angleterre après Edinburgh ; j'aurais besoin d'aide avec mon cheval et d'autres choses.

Gregor décida de suivre l'idée de Connor. C'était le moyen idéal d'aider les garçons sans blesser leur fierté.

— Nari, crois-tu que tu pourrais être mon écuyer, et Thorn celui de Connor ? Nous vous nourrirons et vous trouverons une couche pour la nuit. Cependant, vous devez être prêts à voyager, et il se peut que vous deviez vous séparer pendant une courte période.

— Nous pouvons le faire ! annonça Thorn, sans attendre la réponse de son ami.

— Avant de nous donner vraiment votre réponse, vous devez nous aider à trouver des informations sur le canal de Dubh, expliqua Gregor. Vous êtes tous les deux assez petits pour entrer dans des endroits où nous ne pouvons pas aller.

Le visage de Nari s'illumina.

— Vous voulez dire espionner les gens ?

— Oui, dans certaines situations. Espionner les méchants. Pensez-vous pouvoir le faire ?

Thorn acquiesça.

— Je suis meilleur que Nari pour espionner, et nous sommes déjà au courant pour le canal.

— Savez-vous qui est à sa tête ?

— Je ne connais pas son nom, répondit Thorn, mais je l'ai déjà vu. Et nous pouvons vous emmener dans l'un des endroits où ils se trouvent. Ils en ont deux ou trois à Edinburgh.

Gregor sourit.

— Mes garçons, nous avons un accord. Conduisez-nous au bourg royal.

L'enthousiasme transforma les garçons : ils avaient enfin l'air d'avoir leur âge alors qu'ils se donnaient des tapes dans le dos, excités.

— Maintenant, nous sommes vraiment des guerriers Grant ! s'exclama Thorn.

Les deux garçons poussèrent des cris de joie.

Gregor secoua la tête.

— Non. Thorn, tu es un guerrier Grant, mais Nari est un guerrier Ramsay. N'oubliez pas la différence. Un jour, nous vous apprendrons les cris de guerre des Ramsay et des Grant.

CHAPITRE SEPT

LINET ET SON groupe arrivèrent à Edinburgh le lendemain de la chute de cheval de Sela. Sa prestance avait disparu au profit d'une boiterie, car elle protégeait son pied blessé. Linet avait voulu l'examiner, mais la femme avait refusé, tout comme elle refusait de parler de ses terreurs nocturnes.

La nuit était déjà tombée lorsque les gardes les conduisirent dans une grande écurie située derrière un manoir, non loin du centre du bourg. De nombreuses bougies étaient allumées à l'intérieur, ce qui l'amena à se demander qui les attendait dans la maison.

Le temps n'avait pas été clément et les avait accablés de pluies diluviennes pendant la plus grande partie de la journée. Sur la fin du trajet, ils avaient chevauché sous une bruine constante. Linet descendit de cheval, frissonnant sous son manteau mouillé. Les autres bachelettes et elles furent conduites à l'intérieur, par une entrée à l'arrière, et menées dans une petite pièce. Sela les y abandonna sans explication, se contentant d'une consigne :

— Vous ne devez pas bouger. Attendez ici jusqu'à ce que quelqu'un vienne vous chercher.

Cela semblait inquiétant, surtout après ce que le garde avait dit à Linet. *Tu auras besoin d'être bien reposée ce soir.*

Le manoir à un étage sentait le pain frais, et l'estomac de Linet gargouilla. Personne ne parlait, mais les filles échangèrent quelques regards. Elles semblaient toutes aussi effrayées qu'elle. Finalement, la porte s'ouvrit sur une femme au chignon noir serré et aux yeux si bruns qu'ils en étaient presque noirs.

— Suivez-moi, dit-elle d'une voix dure. Ne vous arrêtez pas pour parler à qui que ce soit en chemin.

Linet fit ce qu'on lui demandait, gardant la tête baissée tandis qu'on les conduisait dans une grande salle remplie de gens. Un feu rugissait dans l'âtre et une table était chargée de nourriture, mais le reste de la pièce ne ressemblait en rien à ce qu'elle avait vu à Inverness.

Plusieurs hommes étaient assis sur des chaises avec des bachelettes sur leurs genoux, parcourant de leurs mains leurs corps peu vêtus. Linet ne savait pas quoi en penser. Elle fut tellement choquée qu'elle s'arrêta net et resta interloquée devant ce qui se passait dans cette salle.

Une main derrière elle poussa le bas de son dos.

— Tu n'as jamais vu de bordelière[7] ? murmura la bachelette derrière elle. Maintenant, c'est fait. Autant t'y habituer. C'est sans doute ce que nous

---

7   Prostituée.

serons toutes bientôt. Il n'y a pas de bachelettes qui se battent à Edinburgh.

Linet se retourna pour regarder la fille, bouche bée. Elle avait une cicatrice sous l'œil qui n'entachait guère sa beauté. Linet avait pensé lui poser la question en chemin, mais Sela avait insisté sur le fait que les jeunes filles ne devaient pas se parler plus que nécessaire. Les paroles de la bachelette étaient dures, mais son regard était doux.

— Bordelière? répéta-t-elle, car elle n'avait aucune intention d'en devenir une. Je dois parler à Sela.

Des histoires de bachelettes obligées de se prostituer lui étaient parvenues à Inverness, mais elle avait choisi de les ignorer, ne sachant pas si elles étaient vraies ou non. Elle se refusait à croire que Sela imposerait une telle chose à l'une d'entre elles.

La fille murmura dans son dos :

— Je m'appelle Alys. Nous devrions apprendre à nous connaître. Nous allons avoir besoin de tous les amis possibles dans un endroit comme celui-ci.

— Linet. Je m'appelle Linet, mais Sela m'appelle Leena. Que faisais-tu à Inverness ? Je ne t'ai jamais vue là-bas.

Elle s'obligea à se remettre en route, car elle ne voulait pas que leur guide sévère vienne les voir. La femme semblait se diriger vers l'escalier au bout du couloir.

— Je travaillais dans des cuisines, mais je ne sais pas ce que je ferai ici. Si Sela t'a donné ce nom, tu devrais te faire appeler Leena. Ne t'avise jamais de t'opposer à elle, sinon tu le regretteras.

Ces mots firent réfléchir Linet. Elle ne se rendit compte qu'elle s'était arrêtée de marcher que lorsque Alys la devança et prit la tête dans l'escalier, lui tirant la main pour s'assurer qu'elle la suivait. Ses cheveux pesaient lourd dans son dos et elle lâcha Alys pour les attraper et essorer un peu d'eau. Ses tresses s'étaient détachées depuis longtemps, et le capuchon de son manteau était retombé plusieurs heures auparavant, la laissant trempée.

Elle fit de son mieux pour étouffer un éternuement.

— Ne tombe pas malade, la guérisseuse, l'avertit Alys. Tu n'aimeras pas ce qu'ils font ici. Ils enverront quelqu'un pour te saigner.

Cette pensée lui donna des frissons dans le dos. Elle se souvint que la maîtresse des Ramsay avait mentionné cette pratique horrible. Jamais ! Jamais elle ne laisserait quelqu'un la saigner. Brenna n'avait pas caché qu'elle pensait qu'il s'agissait d'une pratique épouvantable, qui ne faisait qu'aggraver la maladie d'une personne.

Elles pénétrèrent finalement dans une petite pièce où se trouvaient quatre paillasses. Leur guide leur adressa un regard noir.

— Retirez vos vêtements mouillés. En raison de votre voyage difficile, vous êtes dispensées de travailler ce soir. Il y a des chemises de nuit propres dans le coffre contre le mur, et une soupe de légumes vous sera bientôt apportée. Il y a de l'eau dans les deux aiguières, et vous aurez un verre de cervoise avec le dîner pour vous aider à dormir.

La femme s'en alla sans leur offrir de conseils ou d'informations supplémentaires.

Alys conduisit Linet jusqu'à deux paillasses situées contre le mur le plus éloigné. Même s'ils n'offraient pas beaucoup d'intimité, quelques minces paravents séparaient les paillasses de la table située au centre de la chambre.

— Déshabille-toi pendant que je nous trouve des chemises de nuit.

Linet se cacha derrière le paravent et retira ses vêtements qu'elle plia soigneusement. Comme ils étaient trempés, elle les laissa en un petit tas sur le sol en pierre. Elle devrait sans doute les laver le lendemain. Elle avait une autre robe dans sa sacoche, mais elle était également trempée. Dès qu'elle serait habillée, elle récupérerait ses affaires et les rangerait.

Elle s'apprêtait à passer la tête derrière le paravent pour chercher Alys quand quelqu'un l'écarta. L'une des autres bachelettes, l'une des favorites des combats d'Inverness, se tenait là, ricanant. Ses cheveux étaient sombres et secs, mais Linet ignorait comment elle y était parvenue. Même si sa capuche n'était pas tombée, elle aurait dû être trempée. Cette bachelette avait des hanches larges et une petite poitrine, mais elle était plutôt séduisante.

— Qui voilà ? La bachelette spéciale, Leena. Sela ne pourra pas t'aider ici. Tu ne seras pas choyée comme tu l'as été à Inverness, alors habitue-toi à ce que les gens te voient nue. Tu n'as pas de raisons d'être timide. Parfois, nous sommes deux à nous occuper d'un seul homme.

Son expression indiqua à Linet qu'elle espérait la choquer par sa franchise.

Elle avait réussi. Deux en même temps ? Se forçant à ignorer la jeune fille et sa propre position vulnérable, elle se concentra sur les vêtements mouillés sur le sol.

Elle en souleva un et le secoua, tâchant de masquer sa nudité, mais la bachelette l'attrapa et le jeta à l'autre bout de la pièce.

Alys contourna le paravent et tendit à Linet la chemise de nuit. Ses yeux s'attardèrent sur la jeune fille aux cheveux noirs, mais elle ne lui dit rien. La bachelette ne fit pas mine de partir. Au lieu de cela, elle croisa les bras et jeta un regard noir à Linet qui enfilait rapidement le vêtement sec.

— Je te laisse. Pour l'instant. Mais Sela ne restera pas longtemps aux commandes. D'ici quelques jours, tu auras une nouvelle patronne. *Moi*, Ivetta, annonça-t-elle, le regard passant de Linet à Alys et à l'autre bachelette derrière elle. Toi, Alys et Maude ferez tout ce que bon me semble, sinon vous en paierez le prix.

Linet n'avait pas l'intention de la contrarier, et, apparemment, les deux autres non plus.

Elle avait fait une grave erreur en refusant de suivre Merewen.

Gregor espérait qu'ils arriveraient à la ville avant la tombée de la nuit.

— Nari, connais-tu une bonne auberge de ce côté-ci de la ville ? J'en connais quelques-unes, mais elles sont toutes situées au centre.

Le chemin qu'ils empruntaient leur permettait de chevaucher l'un à côté de l'autre. Nari était avec lui sur sa monture, tandis que Thorn était assis bien droit devant Connor, les yeux brillants d'excitation à l'idée d'être sur un si grand étalon. Ils approchaient de la limite d'Edinburgh.

— Il y en a une de ce côté de la ville, près des premières écuries. J'avais l'habitude d'y emmener les chevaux des riches clients pour gagner des pièces. On l'appelle l'auberge du Cheval, parce qu'elle est proche des écuries.

Thorn rit et dit :

— Je l'appelle « Les Fesses de cheval ».

— Tu as la langue bien pendue pour quelqu'un d'aussi jeune, remarqua Connor.

— Pas pire que n'importe quel homme, rétorqua Thorn.

— Tant que tu es avec nous, tu peux parler comme tu le souhaites, mais fais attention en présence des bachelettes.

— Pourquoi ? Vous aimez les bachelettes ? Parce que moi, non.

Thorn plissa les yeux, comme s'il les mettait au défi de remettre son jugement en question.

— Oh que oui ! Tu verras un jour.

Le plus petit des garçons regarda dans toutes les directions, même derrière lui, avant de murmurer :

— Vous devriez rester à l'écart de la femme nordique.

Gregor lança un regard à Connor.

— Et de quelle femme nordique parles-tu ?

— Ils l'appellent Sela. Elle est méchante, affirma Nari en se renfrognant, comme s'il évoquait un souvenir du passé. Elle a des cheveux presque blancs, mais elle n'est pas vieille.

Thorn intervint :

— Il est furieux parce qu'elle l'a surpris en train de voler des pommes et que l'un de ses gardes lui a botté les fesses, raconta-t-il, puis il se tourna vers Nari et poursuivit. Mais elle l'a empêché de continuer à te battre.

Connor écouta leur échange avec intérêt, puis il dit !

— Cela me surprend d'ouïr cela. Nous connaissons aussi Sela, et nous n'avons pas eu d'écho de sa méchanceté.

Si Connor avait admis qu'il s'intéressait particulièrement à la situation de Sela, qu'il voulait l'aider si, en effet, elle était contrainte de jouer son rôle au sein du canal de Dubh, Gregor se doutait bien qu'il y avait plus que cela. Les bachelettes avaient toujours rivalisé pour attirer son attention, mais il n'avait jamais manifesté de préférence particulière pour l'une d'entre elles.

Sela était différente. De toute évidence, elle l'intriguait.

— J'ai ouï dire qu'elle était gentille avec les petits garçons, remarqua Thorn.

— Je m'en fiche, murmura Nari. Je ne m'approcherai pas d'elle.

— Tu n'as pas à t'inquiéter. Elle n'est pas venue ici depuis plus d'une lune.

Thorn se gratta le menton, parcourant les alentours du regard. Les deux garçons étaient extrêmement vigilants, comme si le danger les guettait, car il semblait que, pour eux, c'était effectivement le cas. Quelle triste situation que celle de ces deux garçons !

— Et où vit exactement la femme nordique ? insista Gregor.

S'ils trouvaient Sela, ils retrouveraient également Linet. Et, avec un peu de chance, les responsables du canal.

— Connaît-elle les hommes de Dubh ?

— Oui, répondit Thorn. Elle donne des ordres aux hommes de Dubh. Elle dort dans le bordel de l'autre côté de la ville.

— Dis donc, mon garçon ! Y a-t-il quelque chose que tu ne sais pas ? Comment es-tu au courant pour le bordel ?

Gregor éprouva soudain l'envie de protéger ces deux jeunes garçons des aspects les plus difficiles de la vie dans un bourg royal animé.

Nari sourit.

— Les bordelières ont eu pitié de nous, et, parfois, elles nous donnaient un peu de leur nourriture. Mais c'est là que les hommes de Dubh nous ont trouvés, alors nous devons rester à l'écart maintenant.

Les écuries étaient visibles au bout de la rue dans laquelle ils se trouvaient.

— De quelle auberge s'agit-il ? s'enquit Gregor.

Thorn indiqua le côté droit de la rue.

— C'est celle-ci. Il y a dix chambres à l'étage. L'aubergiste nous laissera dormir dans la petite écurie derrière l'auberge. Il peut loger cinq chevaux.

— Bien, parce que Midnight Moon a besoin de se reposer.

— Je vais le brosser pour vous, mais cela vous coûtera une pièce, annonça Thorn, essayant de leur trouver du travail à tous les deux.

Il fit une moue telle que Connor aurait pu y déposer la pièce qu'il quémandait. Il aurait voulu réprimander le jeune homme, mais il se retint.

— Pas de pièce. Vous deux, vous vous occupez des chevaux pendant que nous prenons une chambre. Votre paiement, ce sera votre repas. Venez à l'intérieur quand vous aurez fini et vous pourrez manger tout ce que vous voulez, leur dit Connor.

Thorn écarquilla les yeux.

— Tout ce que nous voulons ?

Gregor regarda son cousin et remarqua :

— Pourquoi ai-je l'impression que tu es en train de discuter avec Gavin ?

Connor rit et ébouriffa les cheveux noirs de Thorn.

— Parce que ce garçon a le même appétit que Gavin. Nous verrons ce que vous pouvez manger. Vous vous remplissez le ventre ce soir, et vous aurez un bain demain matin.

— Non, pas de bain ! s'exclama-t-il, horrifié. J'en ai pris un à la dernière lune.

— Si, vous prendrez tous les deux un bain, comme nous. Les bachelettes n'aiment pas les hommes sales.

— Mais je n'aime pas les bachelettes, alors pourquoi devrais-je le faire ?

— Parce que vous allez empester notre chambre si vous ne vous baignez pas. Autant le faire pendant que nous sommes ici. Nous ne savons pas où nous serons demain.

— Vraiment ? demande Nari. Il se pourrait que nous voyagions bientôt ?

Son visage s'illumina et son regard passa d'un cousin à l'autre. Il était tellement enthousiaste à l'idée d'une aventure que Gregor ne put s'empêcher de se demander s'il avait déjà quitté la ville.

— On ne sait jamais, répondit Connor. Occupez-vous d'abord des chevaux. Mon cheval s'appelle Midnight Moon, et le cheval gris de Gregor s'appelle Silver.

Les garçons emmenèrent les chevaux à l'arrière de l'auberge. Gregor les appela.

— N'oubliez pas que vous devrez nous conduire au bordel plus tard.

Thorn acquiesça.

— Après le repas ?

— Oui, après le repas, confirma Connor.

Alors que les garçons s'éloignaient, il adressa un sourire à Gregor.

— C'est le jumeau de Gavin.

CHAPITRE HUIT

LINET RÊVA QU'ELLE brûlait en enfer. Toutes les personnes qu'elle connaissait se tenaient autour d'elle, la montrant du doigt : sa mère, son père, ses frères, et même Merewen. Winnie, comme elle l'appelait, ne cessait de lui crier dessus.

— Reviens, reviens, reviens... Je t'en prie, Linet !

Derrière Merewen se tenait l'agresseur de Linet.

— Elle est à moi, elle est à moi, elle est à moi...

Elle n'avait qu'une envie : s'enfuir loin d'eux. Une voix l'appela, et elle ouvrit les yeux. Alys était assise à côté d'elle et lui épongeait le front. Linet faillit relever la tête de l'oreiller, mais l'autre bachelette secoua la tête. Le mouvement était juste assez léger pour qu'elle le voie, et elle la repoussa.

— Leena, je t'en prie, parle-moi. J'ai tellement peur pour toi.

Perplexe, mais ne voulant pas la bouleverser, Linet referma les yeux. Elle pourrait sans mal dormir quelques heures de plus, mais pourquoi Alys l'encourageait-elle à rester au lit ?

— Leena, réveille-toi.

Elle ouvrit les yeux. Soudain, elle se rendit compte à quel point elle avait la bouche sèche.

— De l'eau, s'il te plaît ?

— Oui, je vais te donner quelque chose, proposa Alys, s'approchant du coffre situé sur le mur latéral. Tiens, bois.

Sa gorge lui donnait l'impression d'avoir avalé une centaine de chardons dans la nuit, aussi fut-elle obligée d'avaler lentement.

— J'ai… j'ai très mal à la gorge.

— Tu as été très malade, confirma Alys qui lui reprit son verre vide pour le remplir à nouveau. Bois encore.

Linet s'assit et elle parcourut la chambre vide du regard. Tout lui revint : la pluie, l'humidité, le long voyage. Et elle était maintenant à Edinburgh. Malade, semblait-il.

— As-tu vu Sela ?

Alys secoua la tête.

— Personne ne l'a vue depuis notre arrivée. Ivetta se montre autoritaire, mais ce n'est pas encore elle la responsable.

— Crois-tu qu'elle a raison ? Que Sela va nous quitter ?

— Je n'en suis pas sûre, mais Ivetta prétend que le responsable à Edinburgh ne l'aime pas beaucoup. Certes, on ne peut pas faire confiance à Ivetta. Pourtant, nous n'avons pas encore vu Sela. Je sais que nous n'avons pas vécu une période des plus agréables, mais elle a fait de bonnes choses pour nous.

— Depuis combien de temps suis-je malade ? demanda Linet, la voix rauque.

Elle se demanda si elle parlerait plus clairement le lendemain. Ou peut-être perdrait-elle totalement sa voix. Sa mère l'avait toujours prévenue qu'il fallait garder la tête au sec sous la pluie.

— Tu ne te souviens pas de t'être réveillée ce matin ? Je t'ai donné à boire, mais tu t'es rendormie.

Linet rendit le gobelet d'eau à Alys.

— Veux-tu manger quelque chose ? Je vais te trouver du pain ou du fromage. La nourriture est correcte.

Plutôt que de parler, elle se contenta de secouer la tête. L'idée de manger lui donnait envie de vomir.

Alys la poussa pour qu'elle se rallonge, puis elle la couvrit à nouveau avec les fourrures.

— On dirait que tu as toujours de la fièvre. Si tu te lèves, tu devras travailler ce soir, murmura Alys. Reste allongée une nuit de plus. Ils m'ont dit que je pouvais m'occuper de toi toute la nuit si tu étais toujours très malade. Si tu vas mieux, nous serons toutes les deux envoyées pour divertir les hommes qui offrent de l'argent pour nous avoir.

Linet n'avait pas besoin d'en ouïr plus pour se rallonger et fermer les yeux. Lorsqu'elle se réveilla ensuite, c'était à nouveau le matin.

Thorn et Nari prenaient leur nouveau rôle très au sérieux et ils avaient passé la majeure partie de la journée à parcourir la ville, tendant l'oreille. Et ils oyaient beaucoup de choses. Les jeunes gens avaient raconté avoir vu plusieurs hommes de Dubh de retour d'Inverness, ainsi que Sela elle-même. Il se murmurait qu'une bataille à Inverness avait mal tourné, à tel point que le groupe local du canal de Dubh allait bientôt fermer pour s'installer en Angleterre.

Les garçons avaient également appris que les hommes de Dubh avaient reçu l'ordre d'éliminer tout guerrier Ramsay, Drummond ou Grant qu'ils rencontreraient.

Une fois que Gregor et Connor eurent fini de manger et se furent assurés que les enfants avaient le ventre plein, même s'il en avait fallu beaucoup pour rassasier Thorn, ils se dirigèrent vers le bordel, espérant y trouver Linet ou quelqu'un d'autre qu'ils auraient pu reconnaître.

Ils gardaient leurs plaids à l'intérieur de leurs sacoches. Ils avaient besoin d'informations ; il était donc important de rester discret. Alors qu'ils déambulaient dans l'établissement, les deux hommes prirent deux cervoises et un peu de nourriture tout en observant la clientèle.

Gregor cherchait une belle bachelette aux cheveux noirs, et il y en avait plusieurs, mais aucune ne l'intéressait. Aucune n'était *elle*. Il se rendit soudain compte que cette mission était devenue personnelle pour lui. Ou bien peut-être était-ce que cela avait toujours été le cas.

Il ne parvenait pas à oublier Linet. Au cours des deux dernières semaines, il avait eu de nombreuses occasions de réfléchir à ce qui s'était passé entre eux. Leur amitié s'était refroidie après la fin de leurs leçons de lecture. Une fois guéri, il était retourné sur les terrains de tir à l'arc, s'entraînant avec acharnement pour retrouver l'usage de son bras.

Lors du festiage suivant, Gregor avait brièvement discuté avec Linet, mais l'aisance qu'ils avaient acquise au cours de leurs leçons s'était estompée. Alors qu'autrefois ils avaient passé des heures à débattre d'histoire, ce jour-là, elle l'avait traité comme s'il n'était rien de plus qu'un étranger. Merewen avait dansé la moitié de la nuit, mais Linet était restée assise à l'écart.

Seule.

Il n'avait pas compris pourquoi, mais il l'avait laissée, espérant que c'était ce qu'elle voulait. Pensant qu'elle le rejetait.

Il aurait dû se montrer plus insistant, plus dévoué à sa propre cause, mais il avait accepté qu'elle ne s'intéresse pas à lui. Qu'il ait peut-être imaginé tout cela.

Cette fois-ci, il était déterminé à ne pas la décevoir.

Il devait essayer d'aider.

Gavin avait épousé sa bachelette, mais Gregor aurait-il une chance de courtiser celle qu'il aimait ?

C'était idiot de sa part d'y penser alors qu'elle était sous l'emprise de Sela. Peut-être était-elle hors de sa portée pour toujours.

— Quelqu'un a attiré ton attention, Connor ? demanda-t-il alors qu'ils se retrouvaient près de la table garnie de nourriture.

— Non. Pas de Linet, pas de Sela.

— Crois-tu qu'elles soient déjà parties pour l'Angleterre ?

Gregor faisait de son mieux pour que leur conversation reste discrète, ce qui n'était pas difficile avec tous les ricanements et les hommes ivres qui les entouraient.

— C'est possible, mais j'aimerais attendre l'arrivée de Maggie et Will, ou même de Gavin et Merewen. Il nous faut plus de gens pour les anéantir.

— J'ai l'impression que nous nous rapprochons des responsables du canal. Si nous répandons la nouvelle que c'est possible, crois-tu que tous les autres se joindront à nous pour éradiquer ces parasites ?

— J'espère bien, dit Connor en jetant un nouveau coup d'œil autour d'eux.

Il gratta le côté de sa mâchoire, frottant ses doigts contre sa barbe. Un instant plus tard, l'ambiance dans la salle changea et un silence s'installa parmi ces gens qui s'adonnaient à des activités peu recommandables. Il ne lui fallut pas longtemps pour découvrir ce qui avait attiré leur attention.

Tous les visages présents dans la salle étaient tournés vers la porte.

Sela était entrée.

Elle se tenait seule, fière, relevant légèrement le menton lorsque son regard croisa celui de Connor. Chaque fois qu'ils se trouvaient dans la même pièce, c'était comme si un éclair passait de l'un à l'autre. À cause de cela, il se posait des questions sur l'insistance de Connor à affirmer qu'il n'y avait rien entre eux deux.

Elle portait une robe d'un violet presque noir, ses cheveux blancs descendaient et cascadaient quasiment jusqu'à sa taille en dépit des barrettes ornées de pierres précieuses placées près de ses oreilles pour maintenir les mèches en arrière sur ses épaules. Sa jupe retombait derrière elle, tenue par deux hommes.

Sela n'avait d'yeux que pour Connor et se dirigea droit vers lui. Lorsqu'elle arriva près d'eux, elle ne dit qu'un seul mot au cousin de Gregor.

— Dehors.

Elle tourna les talons et ne regarda pas s'il la suivait. Elle savait qu'il le ferait, tout comme Gregor. Il n'imaginait pas lui refuser quoi que ce soit, alors qu'elle contrôlait Linet. Ils avaient besoin d'elle. La question était de savoir s'il serait judicieux de lui faire savoir qu'ils comptaient aider Linet.

Selon Gregor, c'était une mauvaise idée. Peu importait ce que Thorn avait ouï sur le point faible de Sela, il doutait qu'elle en ait vraiment un. Connor lui adressa un sourire, un petit sourire qui ressemblait à un rictus, avant de la suivre.

Gregor attendit qu'ils sortent de la salle, puis il se dirigea vers les cuisines à l'arrière dans l'espoir d'ouïr leur conversation sans que Sela l'aperçoive.

Il arriva juste à temps.

— Pourquoi m'as-tu suivie ? demanda Sela d'une voix forte et claire.

Gregor les voyait de côté, et le profil de la jeune femme était éblouissant.

— Je ne t'ai pas suivie. J'ai voyagé jusqu'au clan Ramsay, puis je suis venu ici pour porter un message à notre roi. Ne te flatte pas ainsi.

— Quel message ?

— Il n'est pas destiné à tes oreilles.

Elle croisa les bras et resta silencieuse pendant un long moment.

— Tu dois quitter cet établissement, Connor Grant, et ne jamais revenir. Emmène tes amis avec toi, et reste loin de moi. Un jour, il se pourrait que je me montre moins gentille.

— Et que me ferais-tu ?

Gregor aurait aimé être assez proche pour voir leurs expressions. Ils formaient un couple impressionnant. Ils étaient tous deux grands, Sela arrivant presque au menton de Connor, un détail dont la plupart des hommes ne pouvaient se targuer. Mais les cheveux sombres de Connor étaient à l'opposé de ceux, presque blancs, de la bachelette. Le contraste entre le blanc et le noir était tel qu'il les rapprochait plus qu'il ne renforçait leurs différences.

Dans les yeux de Gregor, c'était le bien contre le mal.

— Si je te revois ici, je te ferais traîner dehors par mes hommes. Le clan Grant est derrière toi, mais ils ne sont pas là pour te protéger, n'est-ce pas ? Reste à l'écart, sinon je demanderai à mes gardes de te donner une correction que tu n'oublieras pas de sitôt.

Les dents de Connor étaient si blanches que son sourire se voyait dans l'obscurité.

— Des femmes sont obligées de se prostituer

ou de se battre pour toi. Comment arrives-tu à dormir la nuit? C'est une question que je me pose depuis que je t'ai rencontrée à Inverness. N'éprouves-tu aucune culpabilité pour ce que tu fais?

— Pas la moindre, répondit-elle, mais elle se pencha ensuite vers lui pour dire quelque chose, si bas que Gregor n'ouït pas.

Mais il ouït le commentaire de Connor juste avant qu'il s'éloigne d'elle.

— J'ai hâte d'apprendre à tes hommes à se battre, dit-il, mais je réserve ce plaisir pour un autre soir.

Le lendemain matin, Sela se plaça au chevet de Linet et lui aboya :

— Lève-toi.

Elle croisa les bras et attendit une réponse. Quand Linet parvint enfin à se redresser, elle gémit, puis attendit les ordres de Sela.

— Prends un bain et tiens-toi prête. Les hommes vont t'emmener acheter de nouvelles robes. Celles que tu as sont hideuses et sales. Dès ce soir, tu travailleras à nouveau.

Elle baissa les yeux, puis elle s'éloigna.

Avant qu'elle puisse sortir, Linet éclata :

— Sela, attends ! En tant que guérisseuse ? C'est ce que tu as prévu pour moi ? demanda-t-elle, puis elle se mordit la lèvre en attendant la réponse.

Sela leva les yeux vers le plafond.

— Je ne suis pas responsable dans cette ville comme je l'étais à Inverness. Je dois rendre des comptes à deux hommes, et l'un des deux est ici. Tu devras faire ce qu'il te dira. Les bachelettes ne se battent pas dans cette ville, alors nous n'avons pas besoin d'une guérisseuse. Tu devras rejoindre les autres dans la salle ce soir.

Linet perdit tout contrôle. Elle saisit la main de Sela, ignorant la grimace de l'autre femme quand elle la toucha, et elle la supplia.

— Je t'en prie, non ! Je ferai tout ce que tu voudras, sauf cela. Je t'en prie, Sela. Je ne peux pas être la catin d'un autre homme, je ne peux…

Sela secoua la main, sans pouvoir cacher son regard. Son expression fit penser à Linet que cette femme n'était pas aussi insensible qu'elle le prétendait. L'instant d'après, cette lueur d'émotion disparut.

— Je comprends, dit Sela. Tu as été abusée. Crois-tu être la seule femme à avoir été agressée ? Ce n'est pas le cas. Tu feras tout ce que l'on te dit, sans quoi tu seras punie. J'ignore à quoi ressemblent les punitions à Edinburgh. Je n'ai aucun contrôle sur ce point. Ce sont eux qui me contrôlent.

Elle s'en alla sans ajouter un mot.

Comment Sela avait-elle deviné son secret ? Linet se frotta les bras, faisant de son mieux pour éprouver quelque chose à nouveau, l'engourdissement de sa peau l'effrayant un peu. Elle jeta un coup d'œil autour de leur petite chambre, mais elle était seule. Où étaient Alys, Ivetta et Maude ? Les trois avaient disparu. Elle aurait aimé avoir quelqu'un avec qui parler de cela.

N'importe qui.

Retournant dans son lit, elle décida qu'elle s'en fichait. De tout. De. Tout. Elle essuya les larmes qui se formaient sur ses cils, se demandant quel choix elle avait.

Elle aurait dû rentrer chez elle avec Merewen. Elle aurait dû le dire à sa mère. Elle aurait dû s'enfuir quand elle en avait l'occasion. La porte s'ouvrit et un homme se posta dans l'embrasure.

— Tu t'habilles et tu te présentes à la porte arrière.

Il referma la porte sans attendre de réponse.

Et Linet fit ce qu'on lui demandait. Comme toujours.

CHAPITRE NEUF

GREGOR ET CONNOR étaient assis à la table de la salle principale et regardaient Nari et Thorn dévorer leur porridge.

— Encore un bol, Thorn, dit Gregor, et nous nous mettrons en route.

Ils espéraient trouver un quelconque signe de Linet, ou peut-être suivre Sela, s'ils parvenaient à la trouver, et voir où elle les mènerait. Thorn se tapota le ventre.

— Si j'en mange un de plus, il pourrait remplir mon ventre jusqu'au milieu de la journée.

Il avala le reste de son bol et le tendit pour qu'on le remplisse à nouveau.

— Est-ce que tu as un trou dans l'orteil par lequel s'écoule toute cette nourriture ? lui demanda Connor avec un sourire en coin.

Un peu plus tard, le groupe se mit en route à travers Edinburgh, enveloppée d'une brume grise et froide.

— Les garçons, j'ai une tâche à vous confier, leur dit Gregor. Où les femmes de cette ville se rassemblent-elles ?

— Il y a un magasin pour les nobles dames, l'informa aussitôt Nari.

— Où ? Emmenez-nous là-bas, leur demanda Gregor.

Cela pouvait être une piste valable. Sela portait de nombreuses robes raffinées.

— Il y a aussi le château, intervint Thorn. Il y a plus de nobles là-bas que partout ailleurs.

Connor jeta un coup d'œil à Gregor, qui dit alors :

— Thorn, emmène Connor au château. Nari et moi irons là où les dames font leurs achats.

Peut-être qu'aucun d'eux ne trouverait quelque chose, mais il valait mieux avoir une finaison que de marcher sans but. Ils se séparèrent et marchèrent vers leurs destinations respectives. Gregor se figea lorsque Nari le guida au coin de la rue, là où se trouvait l'échoppe.

Linet lui apparut comme un phare ; les autres femmes autour pâlissaient en comparaison. Sa beauté l'attirait, mais sa prestance habituelle avait disparu. Même de loin, il voyait qu'elle tremblait. Elle affichait un air méfiant et malheureux. Il devait lui parler, s'assurer qu'elle allait bien, même si cela pouvait s'avérer difficile. Elle était entourée d'une dizaine de gardes, et il y avait deux autres bachelettes dans leur groupe.

Les hommes n'étaient pas très costauds, et ils seraient donc faciles à assommer, mais il était seul. Enfin, pas seul, mais il y avait un enfant à proximité. Que devait-il faire ?

Nari se rapprocha de lui pour parler :

— Tu vois, ces bachelettes vont au manoir pour

avoir des robes. Elles y restent de longs moments, puis elles en ressortent avec des paquets.

Gregor se tenait sur le côté d'un bâtiment, espérant croiser le regard de Linet, mais elle était trop bouleversée pour remarquer ce qui se passait autour d'elle. Il devinait qu'elle était morte de peur.

Il devait faire quelque chose. Traversant la rue pour se placer en face de l'échoppe, il attendit de voir ce qu'allaient faire les gardes. Comme il s'en doutait, les brutes se tenaient devant, mais aucune ne suivait les bachelettes à l'intérieur. Il trouva un carré de lin, entra dans l'échoppe d'un avocat et dénicha de quoi écrire, puis il rédigea une note à l'attention de Linet.

Lorsqu'il eut terminé, il le donna à Nari.

— Cherche une entrée par l'arrière, faufile-toi à l'intérieur et donne ceci à la fille brune en robe bleue.

Nari hocha la tête d'un air sérieux, se hâtant de faire ce qu'on lui demandait. Gregor attendit quelques instants, puis traversa la rue pour attendre le petit garçon. S'il réussissait, Linet sortirait bientôt par la porte de derrière.

Il priait pour voir son beau visage.

———— ✦✦ ————

D'une manière ou d'une autre, Linet devait avoir réussi à toucher Sela. Alors qu'elles sortaient, Sela avait pris Alys à part. Elle ne s'était pas adressée du tout à Linet, mais elle lui avait fait signe de s'approcher pour pouvoir écouter.

— Si j'obtiens gain de cause, vos tâches

changeront. Vous vous battrez au lieu de vous prostituer. Gardez cela à l'esprit et trouvez-vous chacune une tenue similaire à ce que nos combattantes portaient à Inverness.

— Crois-tu que ce soit possible ? avait demandé Alys.

— J'ai déjà essayé de le convaincre avant, mais en vain. Tu te battras contre Ivetta devant une foule, et quand il verra comment les hommes réagissent, il comprendra qu'il peut gagner plus d'argent avec les paris qu'en vous confiant d'autres tâches.

— Et Leena ?

Sela n'avait montré aucune émotion, mais sa réponse avait été exactement celle que Linet avait espéré ouïr.

— Si nous nous battons, ils doivent avoir une guérisseuse. Leena est la meilleure que nous ayons. Je suis sûre qu'il changera d'avis, mais les hommes chérissent l'illusion d'avoir le contrôle. Vous devez également choisir deux robes normales avec une encolure plongeante pour chacune d'entre vous.

Une lueur d'espoir jaillit en Linet. Ivetta avait changé de chambre, même si personne ne savait pourquoi. Peut-être la bachelette avait-elle surestimé sa capacité à voler la place de Sela. Peut-être Sela aurait-elle gain de cause et la vie reviendrait-elle à la normale, si l'on pouvait qualifier de « normale » la vie qu'elles avaient menée à Inverness. Si Linet avait envisagé de revenir sur les terres Ramsay, elle serait pourtant malade si elle devait le faire.

Elle ne voulait plus se soumettre à ce genre d'abus.

Heureusement, Ivetta n'était pas venue à l'échoppe avec elles. Linet commençait à examiner les vêtements avec Alys et Maude quand, soudain, un jeune garçon entra en courant dans la salle et lui tendit un carré de lin. Déconcertée, elle eut à peine le temps de réfléchir qu'il repartait à toute allure.

Alys se pencha par-dessus son épaule tandis qu'elle ouvrait le carré de lin, révélant une note griffonnée à l'intérieur.

Linet,

Je t'en prie, rejoins-moi dehors. Utilise l'entrée arrière. Je dois te parler.

Gregor

Alys murmura :

— Qu'est-ce que dit le mot ?

Comme Linet doutait qu'Alys sache lire, elle mentit.

— Je n'en suis pas sûre. Je crois que cela vient simplement d'un admirateur. Je vais sortir un instant. J'ai besoin d'air, affirma-t-elle, s'éventant le visage pour convaincre Alys de son mensonge.

Cette dernière saisit sa manche et la tira doucement.

— Leena, sois prudente. Si les gardes te voient, tu auras de gros ennuis.

Le regard de son amie lui fit chaud au cœur. La bachelette était vraiment soucieuse de son bien-être.

— Je te promets d'être prudente. Je me sens encore un peu malade. Si je dois vomir, je préfère le faire dehors à l'arrière qu'ici, mentit-elle, prononçant une rapide prière pour demander pardon.

— Veux-tu que je vienne avec toi ? s'enquit Alys.

— Non, je ne veux pas que tu me voies dans un tel état, affirma-t-elle, espérant qu'Alys accepterait son explication même après avoir vu la note. Si quelqu'un pose la question, dis-lui que c'est ce que je fais.

Alys acquiesça, et son visage s'éclaira. Linet comprit qu'elle était d'accord.

Elle franchit la porte et sortit dans le froid gris. Son cœur battait plus vite dans sa poitrine alors qu'elle progressait à travers les arbres à l'arrière, heureuse de voir qu'il n'y avait personne à ce moment-là. Elle ignorait ce que voulait Gregor Ramsay, mais elle craignait qu'il s'agisse de Winnie ou de sa mère. Elle fouilla donc les environs du regard et fut surprise de constater que le bel homme qui l'attendait était effectivement Gregor Ramsay.

Le garçon qu'elle avait admiré était devenu un homme fort, costaud, mais ses yeux étaient toujours d'une gentillesse incroyable. Gregor lui avait permis de croire qu'un homme pouvait être doux et bon. Elle avait envie de le toucher, mais, si elle le faisait, elle savait qu'elle n'aurait plus la force de s'éloigner de lui.

— Bonjour, Gregor. Est-ce que Winnie va bien ?

Gregor se rapprocha de Linet, s'arrêta à un pas d'elle, puis il se pencha plus près.

— Qu'y a-t-il ? lui demanda-t-elle.

Il rougit et recula.

— Pardonne-moi, mais j'ai senti un parfum de lavande. Cela m'a rappelé l'époque où nous lisions ensemble. Tu sentais si bon.

Elle ne lui dit pas qu'elle emportait partout avec elle un flacon d'huile de lavande, et qu'elle en mettait une toute petite touche sur ses cheveux à chaque fois qu'elle les lavait. Il s'éclaircit la gorge et la rassura :

— Merewen va bien. Gavin et elle sont sûrement en train de célébrer leur mariage sur les terres Ramsay.

— Ils se sont mariés…, dit-elle avec un sourire nostalgique. J'espérais qu'ils le feraient. Merewen mérite quelqu'un de bien.

— Tout comme toi. Tu mérites une vie meilleure que celle qui te sera offerte ici à Edinburgh. Je suis venu pour te ramener à la maison.

Instinctivement, elle s'éloigna de Gregor. Il tendit la main vers elle, mais elle recula. Gregor avait l'air bouleversé.

— Je ne te ferai jamais de mal. M'en croirais-tu capable ?

— Me faire du mal ? Non ! Mais j'avais peur que tu m'attrapes, que tu m'emmènes.

Gregor balaya les environs du regard avant de parler.

— C'était stupide de ma part de penser que tu viendrais de ton plein gré. Merewen m'a dit que tu voulais rester avec ce groupe. Pourquoi ?

Je ne comprends pas pourquoi tu choisirais cette existence plutôt qu'une vie agréable au sein du clan Ramsay.

Il ne savait pas à quel point elle avait envie de partir avec lui, de le suivre n'importe où. Il la protégerait et prendrait soin d'elle, elle en était persuadée, mais elle ne pouvait pas retourner sur les terres Ramsay. Mais où pourrait donc aller le frère du laird? Et comment Linet pourrait-elle expliquer sa situation à Gregor? Elle ne pouvait pas lui avouer la vérité, elle ne pouvait le supporter. En outre, il se croirait sûrement responsable, ou son frère.

Ou bien… penserait-il que c'était sa faute à elle?

Trop honteuse pour dire la vérité, elle hésita jusqu'à trouver une explication convenable.

— Je… je… j'étais malheureuse là-bas. J'ai été arrachée à mon lit contre mon gré, mais j'ai été heureuse de trouver une nouvelle vie avec Sela. Elle me protège, et les gens reconnaissent mes talents de guérisseuse.

— Qui t'a arrachée à ton lit?

— Je ne sais pas vraiment. On m'a donné quelque chose qui m'a fait dormir. Je ne me suis jamais réveillée avant l'arrivée à Inverness. Cela n'a pas d'importance.

— Bien sûr que si, Linet, rétorqua-t-il en s'avançant, puis il saisit ses doigts entre ses mains chaudes. Tu as été enlevée et je veux savoir qui a osé t'arracher à ton lit sur les terres Ramsay. Nous sommes inquiets pour les autres bachelettes. Je veux retrouver ce pendard. Il doit payer pour ce qu'il t'a fait, que tu sois satisfaite de ta situation ou non.

Elle ne pouvait pas lui reprocher son raisonnement. Elle aussi s'inquiétait pour les autres. Mais ni elle ni personne ne pouvait faire grand-chose pour lutter contre ce groupe.

— Je ne sais pas qui c'était. Si je me souviens de quelque chose, je te le ferai savoir.

La chaleur du corps de Gregor et son regard chaleureux et inquiet commencèrent à se répandre en elle. Sa proximité était comme un avertissement. Si elle partait avec lui, elle perdrait son cœur pour lui en moins d'une quinzaine. Rien n'avait changé entre eux, il était le frère de l'un des chefs et le fils d'un autre, et elle était toujours une bachelette compromise et indigne de lui. Si elle se laissait aller à l'aimer, elle aurait le cœur brisé, une raison de plus pour rester avec Sela.

Gregor se rapprocha encore, son souffle assez proche pour lui réchauffer le visage.

— Linet, n'y aurait-il pas quelque chose entre nous? N'avons-nous pas partagé quelque chose quand nous passions tout ce temps ensemble?

Elle ne fut pas plus capable d'empêcher son hochement de tête que les larmes qui inondèrent soudain ses joues, mais elle s'empressa de les essuyer. Gregor était beau et poli, fort et viril, intelligent et protecteur. Il serait un bon mari pour une femme, mais il ne pourrait jamais être *son* mari.

Il posa un doigt sous son menton, l'obligeant à

croiser son regard. Elle se perdit dans la couleur brune, comme le bois le plus riche de la forêt.

— Puis-je t'embrasser, Linet ? J'en ai envie depuis très longtemps.

Elle releva le menton et acquiesça, étouffant ses larmes quand les lèvres de Gregor se posèrent sur les siennes, la marquant sans doute pour toujours. Quel mal pouvait-il y avoir à cela ? Elle ne pouvait pas l'avoir, mais elle pouvait avoir ce moment. Elle le chérirait, tout comme le cadeau qu'il lui avait fait.

Gregor avait le goût du porridge, des promesses, de l'espoir, mais surtout, des bonnes choses de la vie. Il inclina sa bouche et glissa sa langue dans la bouche de Linet pour caresser la sienne. Leurs langues se taquinèrent jusqu'à ce qu'elle recule, choquée par son propre comportement lubrique.

Elle le repoussa et il recula rapidement.

— Ai-je fait quelque chose de mal ?

Linet secoua la tête.

— Non, Gregor. C'est moi. Va-t'en. Nous ne pouvons pas être ensemble, murmura-t-elle.

Et c'était vrai. À cause de ce qui lui était arrivé, de ce qu'on lui avait fait, il était peu probable qu'un homme veuille l'épouser. Pourtant… il lui avait été si agréable de se glisser dans ses bras pendant un moment, de s'imprégner un peu de sa force.

Elle perdait la sienne.

Linet fit son choix et retourna dans le bâtiment, le cœur lourd en pensant à ses yeux bruns et à ses lèvres chaudes.

Ce souvenir de Gregor Ramsay devrait lui durer toute une vie.

CHAPITRE DIX

LORSQUE LINET ARRIVA au manoir, elle gravit l'escalier, toujours privée de la force qu'elle avait avant de tomber malade. Une fois dans sa chambre, elle récupéra le petit sac de pommades et de potions de guérison qu'elle avait emporté avec elle à Edinburgh, en vida le contenu et le nettoya soigneusement. Avec un peu de chance, à la fin de la nuit, elle serait à nouveau guérisseuse ; elle rangea ses affaires dans son sac, où elle pourrait les atteindre rapidement.

La porte s'ouvrit avec fracas, et Ivetta entra comme si la pièce lui appartenait.

Linet se leva d'un bond, craignant de savoir ce que l'autre bachelette avait en tête. Elle n'avait même pas parlé à cette brute depuis la nuit de leur arrivée.

— Je t'ai manqué, catin ? Sans doute que non, mais, au cas où tu te demanderais pourquoi je n'ai pas tenu ma promesse, c'est parce que je n'en avais pas besoin, affirma-t-elle d'un air suffisant, qui fit comprendre à Linet qu'elle n'allait pas aimer ce qui suivrait. Je viens d'apprendre que je vais me battre contre toi ce soir.

Linet lui adressa un regard perplexe, mais elle ne répondit rien, car elle ne voulait pas l'énerver davantage.

Ivetta s'approcha suffisamment pour que Linet sente son haleine aigre.

— Je vais te botter les fesses.

Elle lui donna un coup de poing sous le menton, puis elle partit en riant par-dessus son épaule.

Linet était furieuse. Elle en avait assez qu'on la pousse dans tous les sens, qu'on lui donne des ordres, qu'on lui dise quoi porter, où dormir, avec qui dormir, et tant d'autres choses. Faisant de son mieux pour accueillir la fureur plutôt que de l'apaiser comme elle le faisait habituellement, elle quitta la pièce et se dirigea vers le couloir et l'escalier, en quête de Sela. Elle ne se trouvait ni dans la salle principale ni dans les cuisines. Elle emprunta alors un autre couloir aux nombreuses portes, espérant trouver quelqu'un à qui parler, car l'endroit semblait presque vide.

Elle passa une porte après l'autre, espérant découvrir où se trouvait Sela, mais quelque chose l'arrêta à une porte en particulier, au bout du couloir. Des voix fortes traversaient le bois épais.

Sela discutait avec un homme ; la voix était familière, mais elle ne la reconnut pas tout de suite. Elle retint son souffle pour ne pas manquer un mot de leur conversation.

— Un cœur tendre ? Qu'est-ce que cela peut me faire qu'elle ait le cœur tendre ? Elle se battra parce que je lui dirai de le faire.

— Tu ne comprends pas. Si tu veux les garder pour qu'elles se battent et te rapportent de l'argent, tu dois les empêcher de tomber malades ou de se blesser. Leena est la meilleure guérisseuse que nous ayons jamais eue. Elle n'est pas capable de se battre. Si tu l'opposes à Ivetta, cette dernière la tuera, et tu n'auras plus de guérisseuse.

— Qu'est-ce qu'elle fait pour elles, en dehors de recoudre celles qui en ont besoin ? Je suis capable de le faire. Elle me rapportera de l'argent comme les autres filles. Arrête de la favoriser.

Linet haleta. Sela prenait vraiment sa défense, elle défendait ses compétences et sa capacité à soigner les autres.

— Elle a des onguents qui tiennent la fièvre à distance. Sans elle, tu perdras la moitié de tes combattantes à cause des poisons. Tu dois te servir d'elle pour cela.

— Trouve où elle garde cette pommade, et je la prendrai. Tu ne me feras pas changer d'avis, Sela. Tu dépasses les limites. Ce n'est pas parce que tu t'occupais de femmes combattantes à Inverness que tu prendras la tête des affaires des hommes. Prends garde à ce que tu me dis, sinon je t'envoie en Angleterre.

Sela haleta.

— Tu n'oserais pas !

— Tu es facilement remplaçable. De nombreuses bachelettes adoreraient avoir une chance de prendre ta place. Ne me pousse pas. Fais ce que je te demande.

— Mais tu sais ce qui m'arrivera si tu m'envoies là-bas pour de mauvaises raisons ! dit Sela, la voix brisée.

Linet ne put s'empêcher de se demander si la

femme sculpturale n'était pas à deux doigts de pleurer.

— Ce n'est pas mon problème. Je veux bien essayer les combats parce que j'ai ouï dire que les paris étaient intéressants pour les bachelettes, mais je refuse que tu essaies d'usurper mon pouvoir ici. Fais ce que je te dis, ou bien tu en subiras les conséquences.

Pendant trop longtemps, Linet avait essayé d'être quelqu'un de bien. Elle était restée silencieuse, car on lui avait dit que c'était ainsi que devaient être les femmes. Elle avait écouté, même quand l'homme qui lui parlait avait tort. Elle l'avait laissé, *lui*, faire d'elle ce qu'il voulait, ravalant sa rage, sa douleur, son inquiétude. Elle avait laissé les gens autour d'elle la convaincre qu'elle ne valait pas l'amour d'un homme aussi bien que Gregor Ramsay. Mais quelque chose explosa en Linet quand elle reconnut enfin la voix de ce pendard.

Earc. C'était un garde Ramsay, ou du moins, il l'avait été, et maintenant il pensait pouvoir menacer Sela, et dire à Linet et aux autres ce qu'elles devaient faire ?

Elle ouvrit la porte à la volée et la claqua derrière elle. Deux visages se tournèrent vers elle, choqués.

— Sale ordure ! s'écria-t-elle, jurant pour la première fois de sa vie. Earc, j'ai reconnu ta voix. Tu es censé être un garde Ramsay, espèce de traître ! Tu crois pouvoir me dire quoi faire ?

Elle jeta un coup d'œil autour d'elle, à la

recherche d'une arme, et aperçut des verres et des dagues sur une table voisine. Emplie de rage, elle attrapa tout ce qu'elle put et le jeta sur Earc. Elle lança un objet après l'autre ; certains atteignirent leur cible, d'autres le manquèrent parce qu'il esquivait. Il aboya des ordres qu'elle détesta.

— Gardes ! Emmenez cette folle et ligotez-la !

Avant qu'ils arrivent, elle le chargea, le giflant, le mordant, et lui donnant des coups de pied partout où elle le pouvait. Elle avait dû lui faire mal, car ses cris se muèrent en hurlements. Elle lui asséna un coup de pied à l'aine juste avant que quelqu'un l'attrape par-derrière.

— Espèce de catin ! Je te tuerai pour ça !

Malheureusement pour lui, il ne la tuerait pas tout de suite. Il était trop occupé à se tordre de douleur. Les hommes l'attaquèrent par-derrière, saisissant ses deux bras pour la retenir. Elle donna des coups de pied et cracha sans retenue, griffant le visage de l'un d'eux et le bras d'un autre. Sa fureur ne connaissait pas de limites.

C'était *bon*.

À un moment donné, elle jeta un coup d'œil sur le côté et remarqua Sela qui se tenait contre le mur, arborant une expression de choc et de quelque chose d'autre… d'approbation ? De fierté ?

Cinq gardes étaient entrés dans la pièce à présent. Ils l'avaient attachée et jetée sur une chaise, la plaçant devant Earc, qui avait réussi à se relever et la toisait. Sa tentative d'intimidation fut légèrement compromise par la façon dont il couvrait ses parties intimes avec ses mains. À en croire son regard, il était presque aussi en colère qu'elle.

— Silence ! s'écria-t-il, et tout le monde se tut aussitôt.

Il commença par pointer Sela du doigt et lui lança :

— Je t'envoie en Angleterre. Tu es bannie. Le responsable de notre raisiau pourra décider de ton sort. Je lui avais dit que c'était idiot de laisser une femme diriger les affaires. Emmenez-la hors d'ici, ordonna-t-il ensuite aux gardes. Elle peut prendre ses affaires, mais ensuite, vous l'emmenez directement dans les Borderlands. Il décidera de ce qu'il faut faire d'elle.

Earc agita la main, et Linet assista à une chose qu'elle n'aurait jamais crue possible. Sela se mit à supplier.

— Je t'en prie, ne m'envoie pas là-bas avec une mauvaise recommandation. Tu sais ce qui est en jeu pour moi, Earc. J'irai, mais réaffecte-moi simplement. Ne me bannis pas, s'il te plaît.

La peur qui se lisait sur le visage de la bachelette faillit donner la nausée à Linet. Sela fit un pas vers Earc, suppliant toujours, mais il la gifla sans ménagement. Toute trace d'émotion disparut du visage de Sela en un instant, et son masque froid reprit sa place. Elle redressa les épaules.

— Très bien. Mais sache que je m'en souviendrai, Earc.

Elle franchit la porte sans jeter le moindre regard à quiconque dans la pièce, mais la peur n'avait pas quitté son regard. Ce qui fit comprendre à Linet qu'il se passait bien plus de choses en Angleterre qu'elle ne voulait le savoir. De qui une femme comme Sela pouvait-elle bien avoir peur ?

Mais ce n'était pas le moment de s'inquiéter pour elle. Quand elle fut partie, Earc ordonna à quatre gardes de l'escorter, puis il reporta toute son attention sur Linet.

La première chose qu'il fit fut de la gifler.

— Ne t'avise plus jamais de me toucher. Oui, j'étais un garde Ramsay. Le mot « était » est primordial. Maintenant, je suis ton maître, et je dirigerai ta vie jusqu'à l'arrivée de mon partenaire. Cela commence dès ce soir. Emmenez-la à la chambre dans les caves, dit-il à deux gardes, hochant la tête. Au crépuscule, faites-la escorter dans la salle de combat du bâtiment voisin. Sela avait peut-être raison sur un point. Ces bachelettes vont nous offrir un beau spectacle.

Earc se retourna pour lui sourire, passant un doigt sur la mâchoire de Linet.

— Tu vas te battre toute la nuit pour moi. Et il arrivera ce qui arrivera. Si j'ai de la chance, à la fin, tu seras morte. En fait, je pourrais autoriser des paris sur la bachelette qui a le plus de chances d'être morte à la fin de la nuit, ajouta-t-il en ricanant. Oui, c'est une excellente idée ! Tu vas me faire gagner des tas de pièces.

Linet lui cracha dessus. Comment avait-elle pu commettre une telle erreur ? Elle le savait. Parce qu'elle ne faisait que de mauvais choix.

Les gardes la tirèrent, la forçant à sautiller derrière eux puisqu'elle avait les jambes attachées. Quand ils arrivèrent à l'escalier, l'un des hommes se pencha et la souleva, la jetant sur son épaule.

Elle donna des coups de pied avec fureur, mais il lui donna une claque sur le postérieur en riant.

La rage qui s'était libérée en elle coulait encore à flots.

— Tu n'es qu'un porc! cria-t-elle. Tu n'as donc aucun honneur? Tu frappes les femmes quand l'envie t'en prend?

La brute éclata de rire et répondit :

— Oui. C'est exactement ce que je fais.

Ses amis rirent avec lui. Quand ils arrivèrent au bas de l'escalier, il la jeta sur une paillasse dans la petite pièce. Il pointa du doigt son compagnon qui attrapa un pichet, un bol et un verre, qu'il posa sur une petite table dans le coin de la pièce. Un troisième apporta un seau qu'il déposa sur le sol avec un sourire.

— Peut-être reviendrai-je pour te voir utiliser le seau, affirma-t-il avec un clin d'œil avant de quitter la cellule.

Le reste du groupe s'en alla en lui criant des choses indécentes, mais elle les ignora. Au moins, Ivetta ne pouvait pas l'atteindre ici. La dernière chose qu'elle ouït fut :

— Nous reviendrons pour t'emmener à ton combat. Au crépuscule, bachelette. Repose-toi.

Linet s'allongea sur la paillasse et se mit à sangloter.

Soudain, son monde avait basculé vers le pire. Non seulement elle avait perdu Gregor, mais elle avait perdu sa protectrice.

Pourquoi avait-elle refusé son offre alors qu'elle mourait d'envie de l'accepter?

Une idée lui vint à l'esprit. Gregor n'avait jamais

dit pourquoi il était à Edinburgh, et elle aurait pu parier qu'il était toujours là. Pourrait-elle trouver un moyen de se libérer et de le chercher dans la ville ?

Elle se devait d'essayer. Sela était en route pour l'Angleterre, où elle devait rencontrer un homme qu'elle craignait tant que sa simple évocation la poussait à supplier. Cet homme était le complice d'Earc, une pensée qui effrayait Linet plus que tout.

Elle devait trouver le moyen de s'échapper.

CHAPITRE ONZE

GREGOR ÉTAIT ASSIS dans leur auberge, manipulant les objets posés sur la table devant lui. Leur chambre était tout juste assez grande pour qu'ils puissent dormir tous les quatre, aussi se réunissaient-ils généralement dans la grande salle pour discuter. Elle était presque toujours vide.

Ce jour-là, il réfléchissait à tout ce qui s'était passé à l'extérieur de l'échoppe. Il avait manqué à son devoir envers Linet. Il s'était laissé déborder par l'intérêt qu'il lui portait, alors qu'il aurait dû se concentrer sur les moyens de la convaincre de quitter Sela. De toute évidence, elle ne s'intéressait pas du tout à lui, même s'il ne pouvait pas en dire autant. Il avait rêvé de ses lèvres pulpeuses toute la nuit, il avait rêvé de la serrer contre lui, de son parfum de lavande séduisant.

Connor, assis en face de lui, donnait des instructions aux garçons.

— Voyez ce que vous pouvez apprendre à la maison où se trouvent les bachelettes. J'aimerais savoir où Linet et Sela séjournent, même si je doute qu'elles soient ensemble. Si vous ne les trouvez pas là, alors rendez-vous à la maison où nous étions avant.

— La maison avec les bordelières ? demanda Thorn en toute innocence.

Gregor se hérissa.

— Pourquoi ce mot ne gêne-t-il personne ? Non, pas la maison avec les bordelières. Allez dans la maison qui se situe au cœur de la ville, et qui abrite principalement des femmes.

Nari murmura à l'oreille de son ami :

— Il parle du bordel, n'est-ce pas, Thorn ?

— Oui. Mais ne l'appelle pas comme ça.

Tous deux se tournèrent à nouveau vers Connor.

— Si vous apprenez quoi que ce soit, revenez nous le dire aussitôt, leur ordonna ce dernier en leur remettant à chacun une pièce. Pour une tourte à la viande. Une chacun.

Gregor pouvait presque voir l'eau à la bouche de Thorn.

— Merci. Nous ferons ce que vous demandez.

Les deux garçons disparurent, et Gregor ne put s'empêcher de sourire en les suivant du regard.

— Si Loki voyait ces deux-là, il rirait bien, n'est-ce pas ?

— Oh que oui ! répondit Connor en s'adossant à sa chaise, puis il se redressa et se pencha en avant. Nous devons parler de ce qui s'est passé avec Linet. Pourquoi ne l'as-tu pas emmenée malgré tout ?

— Parce qu'elle a refusé. C'était étrange. Nous nous sommes embrassés, et j'ai senti sa passion, mais soudain, elle m'a repoussé comme si j'étais un méchant. Je ne sais pas ce qui lui a traversé l'esprit, mais elle m'a demandé de partir, et elle m'a dit que nous ne pourrions jamais être ensemble. Comment aurais-je pu ne pas faire ce qu'elle me demandait? Je ne m'imposerai jamais à une bachelette.

— Non, ce n'est pas ce que je suggère. Mais tu aurais pu te montrer plus insistant. Lorsque quelqu'un se retrouve aux mains de ce genre de personnes, il ne peut pas penser clairement. Tu aurais dû l'emmener dans un endroit séparé, loin des femmes du bordel. Peut-être aurait-elle alors changé d'avis.

La porte de l'auberge s'ouvrit soudain sur deux visages familiers. Leurs cousins Braden et Roddy se tenaient dehors et leur souriaient.

— Enfin! Nous vous avons trouvés.

Connor et Gregor se levèrent d'un bond pour les accueillir.

— Braden, Roddy, c'est bon de vous voir. Nous ne vous attendions pas, dit Connor à ses cousins.

— Maggie pense que nous sommes sur le point de mettre un terme à ce raisiau. Nous vous avions dit que nous vous prêterions main-forte le moment venu.

— Et comment va Maggie? Ils n'étaient pas en forme à Inverness, mais je crois que c'était pire pour elle que pour Will, dit Gregor.

— Elle va mieux. Ils nous ont demandé de vous dire qu'ils devraient arriver d'ici un jour ou deux. Son père l'a gardée auprès de lui jusqu'à ce qu'il ait été sûr qu'elle était en bonne santé. Ils amèneront d'autres gardes.

Connor demanda à une servante d'apporter deux cervoises de plus et de la nourriture. Les quatre cousins s'installèrent à la table, et Gregor dut admettre qu'il était heureux de voir arriver les renforts. Ils avaient l'impression de pouvoir accomplir davantage avec plus de monde.

— En fait, ajouta Roddy, Maggie pense que nous allons devoir nous séparer en deux endroits : un groupe en Angleterre, et un autre ici à Edinburgh.

Braden poursuivit :

— Et elle a aussi dit que la partie du canal en Angleterre ne se trouve pas à Londres comme ils l'avaient d'abord soupçonné, mais dans les Borderlands. Ils ont déjà bougé.

— Vraiment ? demanda Connor, surpris. Ce n'est pas si loin d'ici.

— Oui, dit Roddy. Nous allons travailler avec vous pour trouver tout ce que nous pourrons sur ce groupe des Borderlands. Gavin et Merewen sont en route avec Maggie et Will, et ils vont aider Gregor à mettre Linet en sécurité. Maggie dit qu'elle et Will iront là où on a besoin d'eux, probablement ici pour l'instant. De quoi discutiez-vous avant notre arrivée ? Cela avait l'air sérieux.

— C'était très sérieux, dit Connor. Gregor a discuté avec Linet hier, mais elle a refusé son aide. Je lui disais que la prochaine fois qu'il la verrait, il devrait l'éloigner de ces personnes avant de lui parler. Elle n'acceptera rien de ce qu'il dit si ses maîtres scrutent ses moindres mouvements.

— Il a raison, dit Braden. Si j'avais écouté

Cairstine chaque fois qu'elle a essayé de refuser mon aide, nous ne nous serions jamais mariés.

Gregor gémit.

— N'oublie pas qu'elle a refusé l'offre de sa sœur à Inverness quand elle lui a proposé son aide.

— C'est vrai, dit Connor. Mais cette situation est totalement différente. Je ne crois pas qu'elles soient aussi libres de leurs déplacements ici. Il s'agit d'une grande opération et Inverness était une petite branche, certes, mais elle est plus proche du quartier général du canal.

— Je crois qu'il faut que tu y retournes, dit Roddy. Elle n'est pas en sécurité avec ces gens.

— Nous t'aiderons à la retrouver si tu le souhaites, proposa Braden.

La servante venait de déposer un plateau de fromages et deux bols de ragoût devant les hommes lorsque la porte s'ouvrit à la volée. Les deux garçons se tenaient là, les yeux écarquillés, peinant à formuler leurs pensées.

— Thorn, qu'avez-vous à nous raconter ? leur demanda Connor.

Les yeux de Nari se posèrent sur les nouveaux venus, comme s'il n'était pas certain de pouvoir leur faire confiance.

— Vous pouvez parler librement devant eux. Ce sont nos cousins, Braden et Roddy, déclara Connor, montrant chacun d'eux en faisant les présentations. Braden et Roddy, voici nos écuyers, Nari et Thorn.

Il leur lança un regard, leur promettant en silence de tout expliquer plus tard.

— Vous n'allez pas le croire ! s'exclama Nari. Elle…

Il s'interrompit et regarda son ami. Thorn expliqua finalement ce qui les avait bouleversés.

— Sela.

Connor se leva pour se rapprocher des deux garçons.

— Qu'y a-t-il à propos de Sela ?

— Elle… ils… Elle a été *bannie*. Elle a fait quelque chose qu'ils n'ont pas aimé, alors ils la bannissent.

Thorn sautillait d'un pied sur l'autre, et Nari ne pouvait s'empêcher de dodeliner de la tête. Gregor se leva à son tour et dirigea les garçons vers deux tabourets libres.

— Calmez-vous, les garçons. Nous allons vous donner à manger, dit-il en faisant signe à la servante, et ensuite vous nous raconterez tout ce qui s'est passé.

Nari prit une grande inspiration et s'assit, regardant Connor.

— C'était assez effrayant à voir. Sela était à cheval, entourée d'une douzaine de gardes. Je n'en ai jamais vu autant autour d'un seul prisonnier.

Thorn lança un regard cinglant à Nari.

— Nari, il n'y avait que quatre gardes. Les autres hommes à cheval suivaient simplement pour voir ce qui se passait.

Nari baissa les yeux sur le sol d'un air penaud.

— Oh ! Mes excuses. Je pensais qu'il y en avait plus.

— Comment savez-vous qu'elle était

prisonnière et qu'elle ne se rendait pas simplement ailleurs ? s'enquit Gregor.

Nari lui répondit.

— Ils lui avaient attaché les mains, mais ils avaient peu serré, pour qu'elle puisse tenir les rênes. Et, vous savez, Sela a toujours l'air gelée ?

Connor hocha la tête. Cette description fit sourire Gregor, même si elle était tout à fait exacte.

— Elle avait l'air très contrariée. Contrariée et furieuse.

Gregor se pencha vers Nari et lui posa une main sur l'épaule.

— C'est très important. Sais-tu où ils se rendaient ? Avez-vous ouï quelque chose ?

— Les Borderlands. C'est là que les gens qui les suivaient ont dit qu'ils allaient. Les gardes n'ont pas parlé, mais d'autres gens les suivaient juste pour regarder Sela. Elle les a tous insultés, mais nous nous sommes enfuis avant qu'elle recommence, expliqua Nari.

— Je n'ai aucune envie d'être insulté par la Reine des glaces. Est-ce qu'elle me gèlerait, moi aussi ?

— Non, ne t'inquiète pas, le rassura Thorn en lui tapotant le torse. Je te protégerai de la Reine des glaces. Mais ils devraient tous se méfier d'elle. Je suis sûr qu'elle est capable de lancer des sorts. Elle est étrange. On dit que c'est une voyante, ou une fée, ou quelque chose comme ça.

— Ah oui ? demanda Connor.

Son ton était sérieux, mais Gregor le connaissait assez bien pour voir qu'il luttait pour réprimer un sourire en coin. Il se rappelait l'époque où ils avaient été assez jeunes pour être impressionnés par de telles histoires.

La servante sortit de la cuisine avec du ragoût et des pâtisseries aux fruits.

— Mangez, les garçons. Vous le méritez, leur dit Gregor, tapotant le dos de Thorn. Bon travail.

Connor reprit sa place, puis s'adossa à sa chaise et jeta un coup d'œil à Braden et Roddy.

— Je sais que vous venez d'arriver, mais nous ferions mieux d'agir immédiatement à partir de ces nouvelles informations. Voulez-vous voyager avec moi ?

Gregor jeta un coup d'œil à son cousin avec un sourire complice.

— Je me doutais que tu suivrais Sela.

— Pourquoi ne le ferais-je pas ? Ils l'emmènent sans doute au quartier général du canal dans les Borderlands. C'est ce que nous attendions depuis longtemps. Vous ne croyez pas ?

— Je suis d'accord. Mais, même si elle voyage avec quatre gardes, il y en a sans doute beaucoup plus dans les Borderlands. À vous trois, vous ne pouvez pas affronter vingt gardes.

Connor rit en se levant.

— Ils ne sont sans doute que dix, c'est pourquoi je ne les suivrai pas directement, mais je souhaite partir tant que leur trace est encore fraîche. Nous ne savons pas exactement vers où ils se dirigent.

Roddy jeta un regard à Braden et dit :

— Nous avons quatre gardes et nous voyagerons avec vous. Je pense que les autres n'auront qu'un jour de retard sur nous. Tu auras des renforts dès demain, Gregor. Pas seulement, Will, Maggie et leurs gardes, mais aussi Gavin et Merewen.

Basculant la tête en arrière pour regarder Connor depuis son tabouret, Thorn demanda :

— Et moi ? Vous n'allez pas m'abandonner, n'est-ce pas ? Je veux venir avec vous. Je peux vous aider à espionner.

Nari fit la moue.

— Je ne veux pas m'approcher de la Reine des glaces, affirma-t-il, regardant Gregor avec de grands yeux. Je veux vous aider, my lord. Je suis un garde Ramsay. Ne pourrais-je pas attendre cette Maggie ?

Connor croisa les bras.

— Si cela ne vous dérange pas de vous séparer, les garçons, j'emmènerai Thorn avec moi et je laisserai Nari ici pour aider Gregor. C'est un Ramsay, après tout.

Roddy et Braden échangèrent un regard confus.

— Vraiment ? demanda Roddy.

— Nous vous expliquerons plus tard, répondit Gregor. J'aimerais que Nari reste. Il peut m'aider à guetter les autres.

— Comment ferais-je ? Je ne les connais pas, répondit Nari, se renfrognant, laissant couler le jus des fruits sur son menton.

— Avez-vous ouï parler du fauconnier sauvage ?

Les deux garçons s'arrêtèrent de manger pour le regarder, hochant la tête à l'unisson.

— Il a de grands oiseaux, des géants qui vous attaquent, affirma Thorn. Nous avons ouï parler de lui et de ses méchants oiseaux.

— Will est connu sous le nom de fauconnier sauvage, et il est marié à Maggie Ramsay, expliqua Gregor. Il a deux faucons qui volent toujours au-dessus de sa tête, mais ils ne sont pas très grands. Ils ne s'attaquent qu'à ceux que Will leur demande de poursuivre.

— Ils ne me poursuivront pas, n'est-ce pas? demanda Nari.

— Non, à moins que tu attaques Will.

— Je ne le ferai pas. Je vous le promets. Je vais rester ici pour rencontrer le fauconnier sauvage.

Heureux d'apprendre que les oiseaux ne représentaient pas une menace aussi grande que la Reine des glaces, il se remit à manger sa tarte aux fruits.

— Gregor, peux-tu rester seul pendant une journée? lui demanda Connor. Tu promets de ne pas te mettre dans des situations dangereuses jusqu'à l'arrivée de Gavin demain? Nous avons assez de gardes pour les répartir entre nous.

— Ça ira. Je ne crois pas qu'il se passera grand-chose ici avant quelques jours.

Il espérait avoir raison. Il ne possédait les compétences d'aucun des trois cousins assis à la table avec lui. S'il devait se servir de son épée, il aurait des ennuis, mais il n'avouerait pas son inquiétude aux autres.

— Oh! s'exclama Nari qui bondit hors de son siège et courut vers Gregor. J'ai failli oublier!

— Qu'y a-t-il?

— Les bachelettes se battent ce soir pour des paris. Vous devez y aller, lui annonça Nari, tirant sur sa manche avec une véhémence qui indiquait que les garçons s'investissaient dans leurs batailles. Vous le devez.

— Oui, il le faut, mais cela peut attendre ce soir, confirma Connor. Nous n'allons pas tarder à partir. Est-ce que ça te convient, Gregor?

— Oui, répondit-il, même si l'idée ne lui plaisait guère.

— Qui poursuivons-nous exactement? s'enquit Braden.

— Elle s'appelle Sela, expliqua Connor. C'est la grande femme nordique qui contrôlait les filles qui se battaient à Inverness.

— Te reconnaîtra-t-elle? l'interrogea Roddy.

— Oui, elle me reconnaîtra et répondra à mes questions, affirma-t-il avant de pincer les lèvres et de frotter les paumes de ses mains. Il n'y a aucun doute à ce sujet.

CHAPITRE DOUZE

LINET MANGEA LA bouillie qu'on lui avait apportée pour son repas, décidant que c'était le meilleur moyen de garder ses forces. La fureur qu'elle éprouvait à l'égard des mauvais traitements qu'elle avait subis et du rôle joué par Earc ne s'était pas atténuée du tout.

Sa vie tranquille avec Sela était devenue un enfer, alors le mieux qu'elle avait à faire était d'essayer de s'échapper, mais elle n'avait eu aucune chance de le faire dans les caves du bordel. Elle se dit que le combat aurait sans doute lieu dans ce même bâtiment. Le manoir était grand, avec beaucoup de pièces dans les caves.

À Inverness, la prostitution avait lieu dans un bâtiment séparé des combats, mais Earc et ses hommes n'avaient pas eu beaucoup de temps pour mettre sur pied leur nouvelle opération. Il semblait logique qu'ils utilisent l'espace dont ils disposaient déjà. Elle devait s'enfuir d'une manière ou d'une autre.

Ce qui signifiait qu'elle devait faire semblant de coopérer. Si Gregor ou l'un de ses cousins se trouvait encore à Edinburgh, elle était certaine qu'ils reviendraient dans ce bâtiment.

Des bruits de pas provenant de la cage d'escalier lui parvinrent, et le garde qui lui avait donné une claque sur les fesses apparut, un sourire aux lèvres.

Elle aurait voulu le lui arracher.

— Ton temps est écoulé, annonça-t-il. Voilà tes vêtements. Enfile-les, sinon, c'est moi qui t'habillerai.

Il agita les sourcils en ricanant. Il lui lança un vêtement moulant d'une seule pièce qui s'adaptait à son corps comme une seconde peau, avec un pantalon intégré. Son père lui aurait interdit de porter quelque chose d'aussi indécent, mais elle ne doutait pas que ce pendard de garde serait ravi d'avoir une excuse pour l'habiller, alors elle lui tourna le dos et passa le vêtement.

— Dépêche-toi, sinon je viens le faire pour toi.

En se tortillant, elle parvint à s'habiller ; elle se tourna ensuite. Cette fois, elle ne se battrait pas contre lui.

Faisant de son mieux pour être conciliante, elle suivit la brute dans les escaliers, puis dans un couloir qu'elle n'avait pas remarqué auparavant. Elle faisait très attention à tout, juste au cas où une occasion se présenterait pour elle de s'échapper. Ce nouvel endroit ressemblait à un labyrinthe, mais si elle se concentrait suffisamment sur ce qui l'entourait, elle pourrait peut-être trouver un moyen d'en ressortir.

Elle passa devant un espace ouvert où deux femmes se battaient, une foule d'hommes ivres et turbulents criant et hurlant tandis qu'elles se frappaient et se donnaient des coups de pied. Elle ne reconnut aucune des bachelettes.

Ils passèrent devant d'autres hommes. La plupart d'entre eux sortaient d'une grande salle située au fond du couloir. Plusieurs avaient des gobelets de cervoise. Ils avaient également une chose en commun : ils fixaient ses formes dans son vêtement moulant. Certains sifflèrent même, et essayèrent de la toucher, mais le garde qui se trouvait devant elle les repoussa.

Le couloir était bruyant, mais quand ils arrivèrent au bout, le garde ouvrit la porte et la poussa à l'intérieur, puis il referma rapidement derrière elle. Une fois que ses yeux se furent habitués à l'obscurité qui régnait dans la salle, éclairée seulement par quelques torches, son regard se posa sur Ivetta, qui portait une tenue semblable à la sienne. Un sentiment de malaise commença à naître au creux de son ventre. L'homme qui se tenait à côté d'Ivetta s'approcha de Linet et la présenta comme « La Guérisseuse », tandis que l'autre femme était surnommée « Louvette ».

Elle avait passé en revue tout ce qu'elle connaissait en matière de combat dans sa prison de la cave : comment se protéger, comment être agressive, et ce que Merewen lui avait dit à propos de l'utilisation de ses jambes. Lorsque l'homme balança ses bras au-dessus de sa tête, indiquant que le combat allait commencer, Ivetta chargea directement vers elle. Linet fit exactement ce que Merewen avait dit : elle attendit le dernier moment, s'écarta de la trajectoire d'Ivetta et pivota pour lui donner un coup de pied aux fesses.

Elle vola contre le mur de pierre, mais elle se rétablit bien plus vite que Linet l'avait prévu. Un instant plus tard, elle se retourna en poussant un cri guttural.

— Je vais te tuer !

Linet pensa à Earc et son partenaire, et sa fureur enfla. Elle attendit à nouveau qu'Ivetta fonce sur elle. Cette fois, elle se plia en deux à la taille pour pouvoir passer sous elle, puis elle se releva, projetant l'autre femme en arrière, qui atterrit avec un bruit sourd. La foule se déchaîna et l'acclama. Quand Ivetta essaya de se relever, elle lui donna un coup de pied dans le ventre, l'envoyant en arrière une fois encore. Cette fois, sa tête heurta le mur de pierre et ses yeux se fermèrent avant qu'elle s'effondre.

Un instant plus tard, l'homme se plaçait aux côtés de Linet pour déclarer sa victoire. Elle espérait pouvoir partir, mais une très grande femme aux cheveux roux tressés sévèrement, au nez busqué et au regard effrayant de haine, franchit l'embrasure de la porte.

Une fois le combat engagé, elle fit de son mieux pour repousser la bachelette, plus féroce qu'Ivetta, mais elle encaissa plusieurs coups de poing avant de réussir à frapper une seule fois son adversaire. Elle tournoya et son pied heurta le menton de la bête. Cela sonna l'autre femme un moment, mais pas plus. Puis à la grande surprise de Linet, la porte s'ouvrit à nouveau, et Ivetta s'avança pour rejoindre le combat. Apparemment, elle s'était rapidement remise du coup qu'elle avait reçu à la tête.

Deux contre une. Earc voulait sa mort.

Elle lutta au mieux de ses capacités, mais il était évident qu'elle ne pouvait pas gagner. Qu'elle n'était pas censée gagner. Puis elle vit la lumière au bout du tunnel.

Gregor.

Il se tenait au milieu de la foule des spectateurs, symbole de chaleur et de force, et leurs yeux se croisèrent. Elle vit son unique chance.

— Gregor! Aide-moi, s'il te plaît! lui cria-t-elle.

Et elle courut droit sur lui.

* * *

Gregor apporta son épée dans la salle de combat du bordel. Nari avait choisi d'attendre à l'extérieur de la salle plutôt que de rester seul dans l'auberge. En chemin, Gregor avait ruminé à propos de Linet et des raisons pour lesquelles elle avait refusé de le suivre. Aucun des gardes n'était présent. Avait-elle hésité à quitter Sela? Si c'était le cas, il n'y avait plus de problème.

S'il parvenait à voir Linet ce soir-là, il ferait tout le nécessaire pour pouvoir lui parler. Il n'était pas en mesure de l'enlever seul, parce qu'il n'avait pas de renforts, mais il se rappela qu'elle avait insisté sur le fait qu'elle ne souhaitait pas partir.

Elle *aimait* être une guérisseuse, elle aimait se sentir utile.

Il espérait seulement qu'ils ne la forceraient pas à se battre. Linet n'était pas d'un naturel agressif. Il était contre sa nature d'utiliser ses poings contre une autre personne. Sa Linet était une personne calme, qui était une guérisseuse de nature. Les soins qu'elle lui avait prodigués lorsqu'il s'était cassé le bras étaient restés dans sa mémoire. Il se rappela une fois où il l'avait raccompagnée chez elle et où ils avaient croisé un oisillon tombé du nid.

Il ne put s'empêcher de rire à ce souvenir. Il s'était mis en tête qu'il était de son devoir de grimper à l'arbre pour remettre le petit dans son nid. Il avait craint le pire en oyant le cri de sa mère, mais celle-ci s'était aussitôt tournée vers son bébé, s'occupant de lui comme n'importe quel animal maternel l'aurait fait.

Linet lui avait adressé le plus grand sourire qu'il avait jamais vu et lui avait dit :

— N'as-tu pas l'impression d'être un héros, Gregor ?

Cette remarque l'avait fait sourire, simplement parce qu'il avait effectivement eu l'impression d'être un héros. Pas envers l'oiseau, mais pour sa Linet au cœur tendre. Il n'aurait jamais pu se douter de l'importance que ces moments allaient revêtir pour lui en grandissant.

Oui, sa Linet était une guérisseuse et une protectrice, pas une combattante.

Il regrettait de ne pas avoir travaillé plus dur dans les lices. Certes, il se sentait assez compétent pour porter son épée, mais son habileté était loin d'être au niveau de celle de ses cousins. S'il était aisément en mesure d'affronter un homme, voire deux, il ne pouvait certainement pas vaincre tous les gardes du bâtiment. Il avait été idiot de dépendre totalement de son arc. Il espérait simplement que Linet n'en paierait pas le prix.

La foule était moins nombreuse qu'à Inverness, mais le bâtiment pouvait accueillir davantage de monde. Ils avaient réussi à tout faire tenir dans une aile du bordel. Elle était aménagée de la même manière que les salles de combat d'Inverness, avec une grande salle à l'entrée de l'aile où l'on pouvait discuter et faire des paris. Dans une petite salle située à l'avant du bâtiment, deux femmes se battaient, mais il n'y avait pas grand-chose à voir. Plus loin dans le couloir, il entra dans une pièce où l'on vendait des cuisses de poulet et de la cervoise. La salle de combat principale était au bout, mais il ne s'y passait rien encore. Il joua des coudes pour arriver au comptoir de la première pièce et placer un pari.

— La Guérisseuse ou Louvette? s'enquit l'homme derrière le comptoir d'un ton brusque.

Il lui manquait une dent de devant et les cicatrices sur son visage laissaient penser qu'il l'avait perdue lors d'une bagarre.

La Guérisseuse.

Le cœur de Gregor se mit à tambouriner dans sa poitrine. Forçaient-ils Linet à combattre? Même si elle devait le faire ce soir-là, il ne pouvait pas intervenir. Pas à moins qu'elle n'ait besoin de lui. Il plaça un pari sur La Guérisseuse, prit une cervoise et se fraya un chemin jusqu'à la salle du fond, juste au moment où le combat allait commencer. Il essuya la sueur de son front avec la manche de sa tunique en attendant que les bachelettes soient présentées.

Comme il l'avait craint, Linet fut traînée dans le cercle de combat, vêtue d'une tenue moulante d'une seule pièce. Il avait envie de tuer tous les hommes qui posaient les yeux sur elle, mais il était trop inquiet pour elle pour y prêter vraiment attention.

Mais la bachelette qu'il aimait était coriace. Elle mit son adversaire hors d'état de nuire en quelques mouvements rapides.

Il s'attendait à ce qu'ils l'emmènent, mais, au lieu de cela, un autre combat fut annoncé. Cette fois, elle devait affronter une femme qui était sans doute deux fois plus grande qu'elle. Comment pourrait-elle dominer cette femme brutale? Linet s'était montrée agile avec ses pieds, tout comme Merewen; peut-être pourrait-elle donc rester à l'écart des poings de son adversaire.

La première fois que l'autre bachelette la frappa, Gregor bondit de sa chaise. Cela n'allait pas être facile. Il la regarda essuyer deux autres coups de poing et un faible grognement sortit de sa poitrine, ce qui le surprit.

Son instinct protecteur rugissait, sur le point d'exploser. Il avait envie de bondir par-dessus tous les spectateurs qui se trouvaient devant lui, de hisser la grande catin dans les airs et de la projeter à travers la salle. Non, ce n'était pas la faute de la bachelette... Il avait envie d'écorcher celui qui les avait contraintes à se battre. Linet parvint à décocher quelques coups, dont l'un avec son pied, puis réussit à étourdir temporairement l'autre femme.

Était-ce là ce que l'on ressentait quand on

perdait son cœur pour une bachelette ? Il ignora ses pensées et se concentra sur le combat qui se déroulait sous ses yeux. Le courage de Linet le surprit, tout comme un autre détail : elle avait l'air furieuse. Son expression, d'ordinaire si calme, était empreinte d'une colère brûlante.

La porte s'ouvrit, et la bachelette du combat précédent apparut pour se joindre au combat. Non ! Il n'allait pas rester les bras croisés pendant que deux femmes faisaient du mal à Linet. Il fit un pas en avant, mais avant qu'il puisse faire le deuxième, la jeune femme fit une chose qui le choqua. Elle cria son nom et se dirigea droit vers lui.

— Gregor ! Aide-moi, s'il te plaît !

Il lui tendit les bras et elle s'y engouffra, mais des hommes s'agrippèrent à elle, essayant de la ramener vers le combat.

— Ne touchez pas à la dame ! s'exclama-t-il, la plaçant derrière lui après avoir dégainé son épée.

— Ce n'est pas une dame, ricana un homme.

— Peu importe. Vous ne pouvez pas l'avoir.

Les spectateurs les assaillirent de railleries et de moqueries, mais personne n'avait envie de se retrouver face à son épée. Les gardes n'avaient pas encore eu vent de ce qui se passait. Il se dirigea vers la sortie, bien décidé à profiter de son avantage, et il y était presque parvenu lorsqu'elle cria à nouveau son nom.

— Gregor !

Trois gardes s'approchaient de lui avec des poignards, mais Gregor avait la rage de son côté. Personne ne l'empêcherait de faire sortir sa Linet de cet endroit en toute sécurité. Il les tua tous les trois, deux d'un coup d'épée dans le ventre, et le troisième avec une entaille profonde à la jambe. Lorsque le sang commença à gicler, le couloir fut plongé dans le chaos. Des cris. Des bousculades. C'était leur chance. Gregor saisit la main de Linet.

— Viens. Nous devons nous dépêcher.

Une fois qu'ils furent sortis du bâtiment, il cria à son jeune ami :

— Nari ! Attends le fauconnier sauvage et raconte-lui, ainsi qu'à Maggie, ce qui est arrivé ! Nous partons à cheval dans la forêt, en direction du nord-ouest. Il saura où nous trouver.

Nari se mit à sautiller sur place en criant :

— Je le ferai ! Vous pouvez compter sur moi, my lord.

Gregor entraîna précipitamment Linet vers les écuries pour y récupérer son cheval.

À cause de la cohue dans la salle et de la cervoise qu'ils avaient ingurgitée, les gardes n'avançaient pas vite. Il eut le temps de récupérer son cheval et d'installer Linet sur son dos. Mais, alors qu'ils galopaient en direction des arbres, des hordes d'hommes les pourchassèrent.

— Pourquoi y en a-t-il tant ? s'exclama Linet. Je pensais qu'il n'y aurait que quelques hommes d'Earc.

— Earc ? Comment ça, Earc ?

Gregor avait dû mal ouïr, mais il avait nettement distingué le nom d'Earc. Il l'avait soupçonné d'être à la solde du canal de Dubh, car il avait disparu dans des circonstances très suspectes à

Inverness, mais depuis quand avait-il ses propres hommes ?

— Earc dirige le raisiau à Edinburgh. Il a envoyé Sela dans les Borderlands.

Gregor faillit s'étrangler en oyant cette information.

— Nous sommes au courant pour Sela. Connor et deux de mes cousins sont partis en direction des Borderlands pour la rattraper. Mais c'est la première fois que j'ouïs parler d'Earc.

— C'est lui qui l'a bannie. C'est lui qui m'a enfermée, qui m'a obligée à me battre…

Gregor sentit le corps de la bachelette trembler contre lui, alors il fit de son mieux pour la protéger du vent froid.

— Ne t'inquiète pas, Linet. Je te protégerai, que ce soit d'Earc ou d'un autre.

— Mais, n'es-tu pas seul ? Pourrons-nous nous débrouiller ?

Les mains de Linet s'agrippaient aux bras de Gregor, et il espéra qu'elle ne le lâcherait jamais.

— Je suis seul pour le moment. D'autres me rejoindront bientôt.

Elle s'appuya contre lui et s'accrocha fermement à ses bras.

— Je t'en prie, emmène-moi loin d'ici. Je ne veux ni me prostituer ni me battre, et j'en ai vraiment plus qu'assez d'être témoin de la cruauté, affirma-t-elle, lançant un petit coup d'œil en arrière, blêmissant davantage. Où pouvons-nous aller ? Il y a encore beaucoup d'hommes qui nous suivent.

— Chut, murmura-t-il en la serrant plus

étroitement contre lui tout en guidant son cheval. Il y a beaucoup de grottes où nous pouvons nous cacher jusqu'à l'arrivée de mes cousins. Maggie et Will devraient être à Edinburgh demain. Je crois que Gavin et Merewen les accompagneront. J'ai un jeune ami qui va nous aider, le garçon qui t'a donné le carré de lin, et il les enverra dans notre direction. Quatre gardes Ramsay sont encore à l'auberge. Je ne les ai pas amenés à la salle de combat ce soir, mais ils feront de leur mieux pour nous aider.

Les yeux de Linet s'illuminèrent quand elle ouït le nom de Merewen.

— J'ai tellement besoin de voir ma très chère sœur ! Est-elle heureuse avec Gavin ?

— Oui, très heureuse. Essaie de te calmer pour que je puisse nous emmener loin d'ici. Nous pourrons en discuter plus tard. Pourrais-tu jeter un autre coup d'œil par-dessus mon épaule et me dire combien d'hommes nous suivent encore ?

Elle fit ce qu'il demandait et s'accrocha à ses épaules.

— Quatre. Quatre cavaliers nous suivent encore.

— Alors, nous devons faire en sorte que ce cheval aille plus vite.

— Gregor, dépêche-toi, ils nous rattrapent !

CHAPITRE TREIZE

MALGRÉ LES HOMMES qui les suivaient de près, Linet ne s'était jamais sentie autant en sécurité et protégée. Gregor était venu la chercher, l'avait arrachée au monde dangereux des combats. Il tenait à elle et il l'aiderait à retourner à une vie plus heureuse.

Si seulement elle savait à quoi cela ressemblait. Et où elle pourrait la trouver.

Elle ne pouvait en aucun cas retourner à son horrible existence sur les terres Ramsay. Elle devrait donc discuter avec Gregor de l'endroit où il l'emmènerait. Bien sûr, ils devaient d'abord semer les hommes d'Earc.

Son cœur se serra quand elle se tourna une nouvelle fois.

— Gregor, ils sont presque sur nous.

— Accroche-toi, Silver va devoir aller plus vite.

— Et s'ils nous rattrapent ? Que vont-ils faire ?

— Je te protégerai. J'ai mon épée, mon arc et ma dague.

— Plus près… ils sont plus près. Attends. Maintenant ils chevauchent de front, mais on ne voit pas… oh !

— Qu'y a-t-il ?

— L'un d'eux est tombé. La jambe du cheval s'est dérobée et il a éjecté son cavalier. Et les autres… je ne les vois pas à travers les arbres.

— Continue à regarder pour moi. Ce serait mieux que je n'aie à affronter que deux d'entre eux et pas quatre. Cet imbécile a sans doute trop poussé son cheval et lui a cassé la jambe.

— Pauvre cheval.

Linet s'agrippait de toutes ses forces aux avant-bras musclés de Gregor, mais cela ne semblait pas le déranger. Craignant de tomber et cherchant désespérément le réconfort de son corps puissant, elle se serra contre lui aussi fort qu'elle le put.

— Je crois que je les vois à nouveau. Ils sont toujours là.

— Combien ?

Linet jeta à nouveau un coup d'œil par-dessus son épaule et dit :

— Trois. Nous en avons perdu un, mais ces deux-là arrivent vite. Je crains qu'ils nous rattrapent.

— Je dois en finir, car Silver ne pourra peut-être pas supporter ce rythme avec le poids de nous deux, déclara Gregor. Je vois un endroit parfait devant moi. Je vais te faire descendre à terre, puis je m'occuperai de ces pendards. Tu peux rester debout et te cacher dans les arbres, n'est-ce pas ?

— Oui.

Linet avait un peu peur, mais elle lui faisait entièrement confiance. Si quelqu'un pouvait affronter trois hommes à la fois, c'était bien Gregor Ramsay. Lorsqu'il atteignit l'endroit qu'il avait indiqué, il l'aida à descendre de son cheval. Elle faillit tomber, mais elle se rattrapa suffisamment pour se précipiter dans les buissons.

Une fois qu'elle se fut assurée d'être bien cachée, elle jeta un œil. Gregor s'était dissimulé avec son cheval derrière un groupe d'arbres. Lorsque les deux premiers chevaux arrivèrent en trombe au milieu des arbres, il balança le plat de son épée sur le cavalier de tête, qui s'écroula au bas de son destrier. Le deuxième cheval se cabra, et son cavalier lutta pour maîtriser la bête.

Gregor le frappa avec son épée au moment où le cheval se calmait, et le pendard tomba sur le dos, se tordant de douleur. Le troisième cavalier s'avança prudemment, car il avait repéré l'embuscade. À la grande surprise de Linet, Gregor se faufila entre les arbres et arriva derrière le troisième cavalier, qui n'eut que le temps de faire volte-face avant qu'il ne lui assène un coup en plein ventre et qu'il chute à son tour de son cheval.

Lorsqu'il revint, il descendit de cheval, vérifia que les trois hommes ne pouvaient pas les suivre, puis il nettoya son épée, la rengaina et aida la bachelette à enfourcher sa monture avant de grimper derrière elle.

Elle s'appuya contre lui ; son bras était serré autour de la taille de Linet. Il se pencha pour murmurer à son oreille.

— Il y a une grotte non loin d'ici. Nous pouvons y passer la nuit. Je ne veux pas retourner à Edinburgh sans renforts. Nari attendra Will et Maggie et ils viendront nous chercher demain. J'en suis certain.

— Oui. N'importe quoi pour m'éloigner d'eux. Je te remercie, Gregor.

Elle s'appuya contre lui. Sa foi en cet homme était inébranlable. Il ne l'avait pas abandonnée : elle l'avait repoussé, mais il était revenu. Une autre chose était indéniable : elle ne pouvait plus nier les sentiments qu'elle éprouvait pour Gregor. Elle avait aimé leur baiser à Edinburgh, et elle avait soudain envie de plus. Que serait-ce de s'allonger entre ses bras, d'être bercée par sa chaleur, ses tendres caresses ?

Détesterait-elle ? Elle le craignait, mais une lueur d'espoir brillait en elle.

Ce désir d'être plus proche de Gregor, de lui parler, de partager avec lui ses sentiments les plus profonds, était-il dû à ce qu'ils avaient vécu, ou était-ce né de leur proximité au cours de toutes ces années ? Merewen avait-elle vécu la même chose avec Gavin ?

Elle ne cessait de jeter des coups d'œil par-dessus son épaule pour s'assurer qu'ils étaient bien seuls, mais aucun cheval n'apparut.

Au bout d'un moment, elle finit par se persuader que personne d'autre n'allait les suivre. Elle était libre. Elle était libérée des combats, de la prostitution, des pièces fermées et de la surveillance constante. Libérée aussi des exigences qu'on lui avait imposées chez elle. C'était la première fois qu'elle était vraiment libre.

Et, tout cela, elle le devait à l'homme assis derrière elle. Pourquoi avait-il pris tant de risques pour elle ? Gregor finit par faire ralentir sa monture, pointant un endroit sur leur droite.

— Il y a un ruisseau bien caché et une grotte par ici. Will les connaît bien. Nous allons nous y arrêter pour la nuit.

Il conduisit le cheval jusqu'au ruisseau, puis il descendit de sa monture avant d'aider Linet à faire de même.

Le temps de retrouver ses appuis, elle laissa ses mains s'attarder sur les bras de Gregor, tout en observant leur environnement. Le paysage était tout simplement magnifique. Le ruisseau coulait d'une petite colline et retombait sur de nombreux rochers, projetant des éclaboussures dans de nombreuses directions. Le petit bassin en bas scintillait au clair de lune. Entourée d'une forêt dense, Linet se sentait protégée et spéciale.

Il n'y avait aucun autre endroit où elle aurait voulu être, personne d'autre avec qui elle aurait voulu être. Si elle avait pu faire durer ce moment éternellement, elle l'aurait fait.

— Que se passe-t-il ? murmura Gregor. As-tu ouï quelque chose ?

Les seuls sons étaient la musique de l'eau frappant les pierres et le chant rare d'un oiseau dans les arbres.

— Non, Gregor, simplement, c'est magnifique, ici. Je suis émerveillée. Comment as-tu connu cet endroit ?

Elle s'éloigna de lui pour mieux observer les arbres touffus, les méandres de l'eau au bas de la cascade et les belles étoiles du ciel nocturne qui apparaissaient à travers la canopée au-dessus d'eux.

— Will et Maggie nous ont parlé de quelques

grottes non loin d'Edinburgh, juste au cas où nous en aurions besoin. Ils sauront où nous chercher.

Gregor l'observa tandis qu'il s'occupait de son cheval ; il suivait tous ses mouvements du regard.

Elle serait bien protégée cette nuit-là.

— Merci beaucoup de m'avoir aidée.

— J'aurais aimé que tu viennes avec moi quand je suis venu te voir plus tôt, mais je suis heureux que tu aies changé d'avis. Ce ne sont pas des gens bien.

— Je sais. J'ai été stupide. C'est difficile à expliquer.

Elle contempla le tapis de feuilles et d'aiguilles de pin à ses pieds. Peut-être le moment était-il venu pour elle de tout dire, mais songer à l'expression de Gregor quand il apprendrait la vérité l'arrêta. Pas encore.

Il sortit quelque chose de sa sacoche et le lui tendit.

— J'ai un autre plaid si tu veux le porter par-dessus ton vêtement.

Elle jeta un regard à sa tenue. Dans sa hâte de s'échapper, elle avait oublié le vêtement serré et inapproprié. Elle releva les yeux vers Gregor, qui arborait un léger sourire en coin, ce qui la fit rougir, comme une pomme mûre au sommet d'un arbre en automne.

— Tu es très belle dans cette tenue, ma jolie. Ne sois pas gênée. Seulement, les autres ne le verront peut-être pas ainsi.

— Je vais prendre le plaid et je l'enfilerai après avoir fait mes besoins.

Il le lui tendit.

— Je ne bouge pas d'ici.

Quand elle eut terminé, elle retrouva Gregor au même endroit. Linet le regarda se pencher sur le ruisseau, rincer ses mains et se laver le visage. Il remplit une outre d'eau fraîche, puis lui offrit une gorgée.

— Je ne veux pas aller chasser, parce que je ne veux pas allumer de feu ce soir. J'ai quelques gâteaux d'avoine si cela te convient. Il me reste peut-être aussi un morceau de fromage. Je vais attacher notre cheval sur le côté de la grotte et ensuite nous pourrons nous y installer.

— Tu crois vraiment qu'ils seront là demain ?

— Oui.

— Tu fais confiance à ce petit garçon pour trouver des personnes qu'il n'a jamais rencontrées ?

Il attacha son cheval à un arbre et s'assura que l'animal avait de quoi manger. Puis il prit la main de Linet et lui fit gravir la petite pente qui menait à la grotte. Malgré les autres choses qu'on lui avait fait faire, elle n'avait jamais tenu la main d'un homme de cette façon ; la chaleur et le poids de cette main lui donnaient l'impression d'être choyée. L'endroit était bien isolé au milieu de la forêt, et il n'y avait pas de neige, donc ils ne laissaient pas de traces. Elle se sentait en sécurité ici avec Gregor à ses côtés.

— Oui, c'est un petit lutin, assez ingénieux, et nous lui avons déjà expliqué ce qu'il en était de Will et de ses faucons. Je lui ai dit de trouver le fauconnier sauvage et de l'envoyer au nord-ouest. Ils nous trouveront.

La confiance dont Gregor faisait montre renforçait celle de Linet.

Quand ils arrivèrent devant l'entrée de la grotte, il leva les mains.

— Permets-moi d'entrer en premier pour m'assurer qu'il n'y a pas de créatures ou de chauves-souris à l'intérieur.

Elle frissonna et acquiesça, priant pour qu'il n'envoie rien de gros ou de gluant dans sa direction.

— Il n'y a rien ici, lui dit-il en revenant quelques instants plus tard, la prenant à nouveau par la main.

Il la conduisit à l'intérieur au bout d'un tunnel, dans un grand espace non visible de l'extérieur. Il y avait plusieurs rochers disposés de telle sorte qu'ils pouvaient s'asseoir dessus pour manger ou même utiliser l'un d'entre eux comme table. Il y déposa deux fourrures et les pointa du doigt.

— Vas-y, assieds-toi.

Elle prit place sur les fourrures chaudes. Elle était ravie qu'il soit si bien préparé.

— Voilà deux gâteaux d'avoine pour toi.

Ils mangèrent en silence pendant un moment avant qu'il n'ajoute :

— J'ai quelques questions à te poser, Linet. Nous nous connaissions assez bien quand nous étions jeunes, et la bachelette que j'ai connue n'aurait jamais accepté de rester avec Sela, que ce soit en tant que combattante ou en tant que guérisseuse. Y a-t-il quelque chose que tu voudrais me dire ? Pourquoi ne voulais-tu pas rentrer à la maison ?

Linet réprima quelques larmes à cette question,

qui était tout à fait justifiée de la part du fils du précédent laird. De son ami et confident.

Elle fixa le mur du fond de la grotte.

— Il y a des choses que tu ne sais pas sur moi, commença-t-elle, baissant les yeux sur ses genoux.

— J'aimerais que tu m'en parles, pas pour fouiller dans ta vie, mais parce que je veux que tu sois heureuse. Je tiens à toi, Linet. Si tu veux bien de moi, je souhaiterais te faire la cour, mais cela me contrarie terriblement que tu n'aimes pas assez le clan Ramsay pour revenir parmi nous. Je sais que mon frère s'efforce d'être un bon laird pour nous.

— Ce n'est pas le clan Ramsay. C'est simplement…

Elle frissonna à l'évocation des souvenirs qui l'envahissaient. Gregor passa un bras autour de son épaule, la serrant contre lui pour lui transmettre sa chaleur.

— Cela serait-il plus facile pour toi si tu n'avais pas à me regarder ?

Elle le repoussa doucement.

— Non, je préfère pouvoir te regarder. Je ne veux pas être si proche de toi. C'est distrayant.

Elle se mordit la langue. Elle ne voulait pas lui donner la véritable raison pour laquelle elle détestait le clan Ramsay et craignait le contact d'un homme. Avant d'être enlevée, elle avait essayé de se confier à Winnie au sujet de son problème. On lui avait toujours dit de ne parler à personne des visites, mais elle avait atteint un âge où elle comprenait que ce qui se passait n'était pas normal. Ce n'était pas une chose que l'on faisait à toutes les bachelettes. C'était mal. Alors, elle avait voulu en parler à Winnie.

Mais elle n'avait jamais eu l'occasion de se confier à sa sœur. Peut-être était-ce judicieux d'en parler à Gregor. Après tout, il faisait partie de la famille du laird et il pouvait l'aider. Si elle voulait une chance d'être heureuse à l'avenir, elle devait le dire à quelqu'un.

Elle lui faisait *confiance*.

— Me promets-tu de ne pas m'obliger à retourner au clan Ramsay si je te raconte tout ? s'enquit-elle, jouant avec le duvet de la laine du plaid, se demandant quoi lui dire.

— Je ne t'obligerai pas à faire quoi que ce soit, Linet. *Jamais.* Tu as ma parole, lui jura Gregor. Si tu as été maltraitée ou abusée de quelque manière que ce soit… sache que tu n'es pas la première bachelette à avoir été forcée de subir de telles atrocités. Tante Maddie a été traitée de manière abominable par son propre demi-frère avant de rencontrer l'oncle Alex. Je pourrais te donner d'autres noms, mais tu sais ce que je veux dire. Ce n'est pas ta faute si quelqu'un a profité de toi.

Les larmes brûlaient les yeux de Linet. Elle ne voulait pas que son agresseur sache combien il l'avait blessée, qu'il lui avait non seulement volé son innocence, mais aussi son estime d'elle-même. Parfois, les souvenirs étaient si douloureux qu'elle aurait voulu se noyer dans son chagrin et ne plus jamais parler à personne.

Ce qu'elle ressentait…

Comment pourrait-elle l'expliquer à qui que ce soit ?

— Qui, Linet? Qui t'a fait tant de mal que je peux voir la douleur sur ton visage? Dans ton regard? Dans chacun de tes gestes? l'interrogea-t-il.

Il leva la main et attrapa avec son doigt la première larme qui roula sur sa joue. Puis il déposa un doux baiser à l'endroit où la peau était encore humide.

— Qui pourrait te traiter ainsi?

Linet leva les yeux et croisa le regard de Gregor.

Il était temps de tout dire, et c'était ce qu'elle allait faire.

CHAPITRE QUATORZE

L'HOMME ENTRA À grands pas dans la pièce, claqua la porte derrière lui et fit signe à Earc de libérer la seule chaise qui se trouvait près de la table.

— Lequel de vous l'a perdue, bande d'imbéciles ? C'était une bachelette simple d'esprit, tremblante, qui avait peur de son ombre. Comment a-t-elle pu quitter ce bâtiment toute seule ?

Earc se tenait en face de l'homme, avec plusieurs de ses gardes, tous silencieux.

— Pas de réponse ? Eh bien ! Vous paierez pour vos erreurs lorsque je vous enverrai dans les Borderlands en guise de châtiment, comme je l'ai fait pour Sela.

Il planta une dague dans la table pour ponctuer ses propos, ravi de voir la moitié des hommes sursauter de peur. C'était exactement ce dont il avait besoin : la peur. Il n'existait pas de motivation plus puissante. Il le savait par expérience : il s'était servi de la peur pour contrôler Sela, plusieurs guerriers et même Linet, même si elle était sa favorite. C'était exactement pour cela qu'il était aussi furieux qu'elle se soit enfuie.

— Earc me rend des comptes quotidiennement, alors gardez ça à l'esprit. J'ai des yeux qui me tiennent au courant, et je peux bannir ou châtier n'importe lequel de vous, bande d'imbéciles !

— Sela sera punie pour ça ? demanda un homme, la voix légèrement tremblante.

— Oui. Elle aurait dû effrayer cette idiote de bachelette, mais, au lieu de cela, elle l'a favorisée. J'ai pu le constater, même de loin. Linet n'est pas assez intelligente pour s'en sortir seule. Quelqu'un doit être fautif, je le découvrirai et le punirai.

— Elle a couru vers l'un des spectateurs après deux combats et elle est partie avec lui, déclara Earc.

La sueur perlait sur son front. *Tant mieux.*

— Je n'ai pas vu l'homme moi-même, mais d'après les descriptions que l'on m'a faites, je soupçonne qu'il s'agit de Gregor Ramsay.

— Bon sang ! D'abord Merewen avec Gavin Ramsay et maintenant Linet avec Gregor ? Depuis quand sont-ils proches ? Peu importe. Je connais la réponse à cette question, même si je pensais que ce caprice lui était passé depuis longtemps. Je l'ai prévenue qu'elle ne devait pas s'approcher de lui.

— Il se peut que cela n'ait rien à voir avec le lien qu'il y avait entre eux par le passé. Elle voulait sa liberté. Est-ce si difficile à croire ? demanda Earc, jetant un regard noir à l'homme de l'autre côté de la table.

— Oui. Elle est à moi, et j'ai passé beaucoup de temps à l'intimider pour qu'elle se soumette.

Maintenant, je veux la récupérer. Vous allez faire ce qu'il faut pour la rattraper.

— Pourquoi tu l'apprécies autant ? C'est une maladie, je crois.

L'homme passa la main par-dessus la table et attrapa Earc par la tunique.

— Redis ça encore une fois et tu es un homme mort. Je ne suis pas le seul à la vouloir. Je viens de recevoir une missive du chef de notre raisiau dans les Borderlands.

— N'est-il pas responsable de tout dans le canal ? Pourquoi s'intéresserait-il à une bachelette en particulier ?

— Oui, c'est bien lui, mais il a besoin d'une guérisseuse rapidement. Linet est la seule que nous ayons, alors je vous le dis, vous devez faire tout ce qu'il faut pour la retrouver. Sinon, c'est moi qui déciderai de vos punitions.

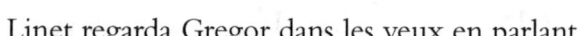

Linet regarda Gregor dans les yeux en parlant.

— Mon frère est entré dans ma chambre une nuit où j'avais douze printemps. Merewen dormait avec ma mère parce qu'elle était malade. Il a dit qu'il était du devoir d'un frère de faire savoir à sa sœur ce qu'on attendrait d'elle lorsqu'elle serait adulte, afin de la préparer au mariage. Il a dit qu'il commencerait à m'enseigner quand je serais un peu plus âgée.

Elle scruta Gregor pour voir s'il doutait de ce qu'elle disait, mais elle ne put rien lire dans son regard.

Elle ne put empêcher son menton de trembler

alors que le souvenir de cette première nuit l'assaillait. Mal n'avait pas dit grand-chose d'autre, sauf qu'il l'avait avertie que ce devrait rester leur secret. Jamais elle n'avait été aussi confuse et effrayée qu'après le départ de Mal, mais elle lui avait obéi. Comme elle l'avait toujours fait. Comme sa mère l'avait souvent dit, elle était une fille gentille.

Ce n'était plus le cas à présent.

— Je crois que je n'ai pas besoin de dire quoi que ce soit d'autre, si ce n'est que cela a continué. Cela me rendait malheureuse, mais je ne pensais pas pouvoir faire quoi que ce soit à ce sujet. J'étais jeune, et je ne connaissais rien de la vie. Il ne cessait de répéter que c'était son devoir et son droit. J'ai posé la question à des bachelettes rencontrées à Inverness, et elles ont confirmé ce que je soupçonnais déjà : c'était bien mon frère qui avait tort, et non moi. Mais, tu connais ma famille, Gregor. Mon père croit que Mal est le meilleur des fils, Struan est son meilleur ami, et je serais condamnée si je disais quoi que ce soit contre mon propre frère. Mais, je ne peux plus mener cette existence. Je veux être libérée de lui et ne plus jamais le revoir.

Elle baissa les yeux sur ses genoux et s'autorisa enfin à pleurer. Elle avait retenu ses larmes pendant bien trop longtemps.

— Je ne peux pas et je ne veux jamais y retourner.

— Merewen est-elle au courant ?

— Je ne crois pas. Je ne me suis jamais confiée à elle, même si j'y ai souvent pensé. J'ai essayé de le lui dire la nuit où j'ai été enlevée, mais elle avait des problèmes personnels, alors j'ai décidé d'attendre.

Elle décida de prendre son mal en patience et de voir ce que Gregor dirait, car elle n'en avait absolument aucune idée.

— Puis-je t'entourer de mes bras ? Je voudrais faire quelque chose, n'importe quoi, pour te réconforter d'avoir été traitée de manière aussi abominable par un membre de ta propre famille.

Il posa son regard sur celui de Linet. Elle avait envie de ses bras autour d'elle, chauds et rassurants contrairement à ceux de Mal. Et pourtant, elle avait du mal à accepter de désirer le contact d'un homme, quel qu'il soit.

Elle se rappela qu'elle avait toujours vu la bonté chez cet homme, à de nombreuses reprises. Il n'aurait pas pu être plus différent de son frère.

— Oui, murmura-t-elle, j'aimerais bien.

Gregor se rapprocha d'elle, passa un bras autour de ses épaules et la serra contre lui, posant son menton sur sa tête, puis il l'entoura de son autre bras. Son étreinte était douce, pas étouffante, et elle savait qu'elle pouvait se retirer si elle le voulait ou si elle en avait besoin ; c'était en partie la raison pour laquelle elle avait envie d'y rester.

— Linet, je veux que tu m'écoutes. Tu n'as pas besoin de dire un mot. Ce que ton frère t'a fait est mal. Ce n'est pas un comportement qu'on attend entre un frère et une sœur, mais dans un couple marié. La partie physique du mariage doit être agréable pour le mari comme pour la femme. Ce n'est pas du tout quelque chose d'imposé ou de forcé. Certes, j'ai ouï dire que beaucoup de femmes n'aimaient pas les relations intimes avec leur mari, mais mon père et mon frère m'ont appris que c'est le rôle du mari de s'assurer que son épouse y prend plaisir, et qu'elle doit toujours être consentante. Je ne peux pas t'en dire plus, car je suis loin d'être un expert dans ce domaine, mais ce dont tu parles est mal à tout point de vue.

Linet se tourna pour regarder Gregor, car elle voulait lire dans son regard la confirmation de ses paroles.

— Vraiment ? Tu ne dis pas cela pour que je me sente mieux ?

— Quand je serai de retour au clan Ramsay, je bannirai Mal de nos terres.

— Tu le ferais ? À cause de moi ? Mais il me poursuivra, il m'accusera… Mon père…

— Chut, dit Gregor, lui soulevant le menton pour croiser son regard. Il est en tort. Pas toi. Je parlerai à ton père, mais je pense qu'il n'est absolument pas au courant de ce qui s'est passé. Je ne connais aucun père qui souhaiterait cela pour sa fille. Et, s'il est d'un autre avis, il sera banni lui aussi. Tu as assez souffert.

Linet fit la seule chose qu'elle pouvait faire : elle entoura Gregor de ses bras et le serra contre elle. Il lui avait donné quelque chose qu'elle chérirait toujours. Il l'avait écoutée sans la juger, et aucune somme d'argent ne pourrait remplacer cela.

Elle avait libéré sa conscience, et elle était tombée un peu plus amoureuse de Gregor.

Gregor la serra dans ses bras, humant son doux parfum, et se mordit la lèvre pour ne pas entrer dans une colère noire. Il aurait tant aimé tuer Mal pour la façon dont il l'avait traitée ! Il devrait se contenter de bannir ce pendard des terres Ramsay ; s'il le tuait, il se doutait que cela pèserait lourd sur la conscience de Linet, et il ne le souhaitait pas pour elle.

— Gregor, je te remercie de m'avoir écoutée, lui dit-elle, se reculant pour le regarder dans les yeux. Si tu me trouves idiote, dis-le-moi, mais j'aimerais que tu m'embrasses.

Gregor n'eut pas besoin de se faire prier, mais il tempéra son désir pour ne pas la submerger. Ses lèvres se posèrent sur les siennes avec hésitation, et, comme elle ne s'écartait pas, il approfondit le baiser, savourant sa douceur. Elle ouvrit la bouche pour lui et il toucha sa langue, craignant qu'elle change d'avis et le repousse.

Au lieu de cela, un petit gémissement jaillit du fond de sa gorge et elle remonta ses mains sur sa nuque, l'attirant plus près. Il colla sa bouche à la sienne, plongeant plus profondément, et elle suivit son rythme ; leurs langues se livrèrent un duel jusqu'à ce qu'ils halètent tous les deux. Il embrassa sa gorge, son cou, puis la petite pulsation juste sous son menton.

— Voudrais-tu bien dormir allongée près de moi cette nuit ? Je promets de ne pas te ravir, mais j'aimerais te tenir contre moi, savoir que tu es en sécurité tout au long de la nuit. T'embrasser et te serrer dans mes bras me suffit amplement. Je ne suis pas…

— Pas quoi ? demanda-t-elle, glissant les doigts dans les épaisses mèches sombres à la base de son cou.

Gregor prit une grande inspiration, puis soupira.

— Je ne suis pas aussi expérimenté que les autres. Mes cousins ont…, commença-t-il, avant de marquer une pause, cherchant ses mots.

Comment pouvait-il lui dire qu'il n'avait jamais couché avec une femme ? L'occasion s'était déjà présentée, mais il avait été trop timide et, à la vérité, il n'avait jamais eu le moindre intérêt pour les relations occasionnelles.

Et aucune bachelette ne l'avait jamais intéressé autant que celle qu'il tenait maintenant dans ses bras.

— Je n'ai pas beaucoup d'expérience avec les bachelettes, mais je ne demande qu'à te serrer contre moi pendant que nous dormons, si tu le permets.

— J'aimerais bien. À dire vrai, je suis soudain très fatiguée. Je croyais que je serais incapable de dormir, mais je pense que je vais y arriver, finalement.

Gregor se leva et l'aida à faire de même ; puis il posa les mains sur ses joues et l'embrassa. Lorsqu'il eut enfin la volonté de s'éloigner d'elle, il installa les fourrures contre le mur du fond.

— Je reviens tout de suite. Je vais aller voir notre cheval pendant que je me souviens encore de l'endroit où je l'ai laissé.

Gregor sortit de la grotte, à l'affût de tout bruit anormal. Le soleil s'était couché et l'air avait considérablement refroidi, mais rien n'indiquait qu'il se passait quelque chose d'inhabituel. Il contourna le côté de la grotte, surpris de trouver son cheval couché à plat sur le sol, chose qu'il faisait rarement. Il dormait généralement debout, mais qui était-il pour refuser à la bête une bonne nuit de sommeil ? Comme il ne voulait pas le déranger, il revint dans la grotte et s'installa à côté de Linet.

— Ce n'est que moi. Tout est calme dehors ; je pense que nous pouvons fermer les yeux en toute sécurité, la rassura-t-il, puis il s'allongea et défit son plaid. Mets ton dos contre moi, et je te tiendrai chaud, ma jolie.

Elle sourit et se laissa aller contre lui, le surprenant en collant son dos contre son torse. Les douces courbes de ses fesses l'interpellèrent brièvement, mais il chassa ces pensées et la serra contre lui, enveloppé de son parfum agréable.

Il s'endormit presque aussi vite qu'elle.

CHAPITRE QUINZE

LORSQUE LINET SE réveilla, elle faillit repousser les mains de Gregor, mais les souvenirs de la veille lui revinrent en mémoire.

Elle afficha un sourire éclatant, savourant la sensation de l'homme derrière elle, son bras serré autour d'elle. Il avait tenu parole et ne l'avait pas ravie, ni fait quoi que ce soit sans lui en parler et lui demander la permission.

— As-tu bien dormi, ma jolie ?

Sa main frotta son bras et le son de sa voix fit vibrer une corde sensible en elle. Les fissures dans son cœur semblaient commencer à cicatriser.

— Oui, murmura-t-elle, réticente à l'idée de s'éloigner de la chaleur de Gregor.

— Le soleil est levé, donc je dirais que nous avons bien dormi tous les deux. Je ne dors pas souvent aussi tard.

Il l'embrassa sur la nuque, et son souffle chaud lui procura des picotements dans le cou.

— Avant que je fasse quelque chose que je pourrais regretter, laisse-moi sortir et m'assurer que nous sommes en sécurité.

Elle s'écarta pour lui laisser la place nécessaire

pour se lever, et elle lui donna son plaid. Il le prit et l'enroula prestement autour de lui, puis il tendit la main à Linet pour l'aider à se lever.

Elle la saisit et murmura :

— Il faut que je…

— N'en dis pas plus. Moi aussi, mais laisse-moi d'abord aller vérifier les environs.

Gregor s'en alla, puis il revint et lui tendit à nouveau la main.

— Je connais un endroit sur le côté de la grotte où tu seras en sécurité. C'est près du ruisseau, tu pourras donc te rafraîchir. Je ne sais pas trop ce que nous devons faire ensuite : attendre Will et Maggie, ou partir à leur recherche, lui dit Gregor en souriant. Une fois que je me serai soulagé, j'aurai peut-être les idées un peu plus claires. Et j'aimerais aussi ouïr ce que tu penses de nos finaisons.

Linet prit la main de Gregor, et il l'emmena dans un endroit situé sur le côté de la grotte.

— Je vais aller par-là, lui dit-il. Tu auras ton intimité, mais je pourrai t'ouïr. Crie si tu as besoin de moi.

Et il partit, toujours souriant. Elle était en train de tomber amoureuse de cet homme. Chaque fois qu'il souriait, elle souriait aussi.

Elle se soulagea le plus vite possible, puis elle alla s'agenouiller près du ruisseau, laissant l'eau froide s'accumuler dans ses mains. Elle s'aspergea les joues et se lava le visage. Elle se rinça la bouche du mieux qu'elle put, puis trouva un rocher à proximité et s'y installa pour écouter les bruits de la forêt.

Même en hiver, les Highlands étaient magnifiques. Les chants d'oiseaux emplissaient encore l'air et, de temps à autre, un petit animal agitait les branches dénudées des buissons derrière elle, les feuilles craquant dans le silence du matin. Le froid de l'air était intense, à tel point que quand elle expirait, elle voyait son souffle. Sur sa gauche, elle constata que Gregor s'était rendu à la partie du ruisseau où l'eau fraîche coulait abondamment sur quelques rochers. Elle rit quand il se pencha sous le flot, puis chassa l'eau de son visage, comme un chien se débarrasse des gouttes de pluie sur son pelage.

Elle le trouvait déjà beau, comme presque toutes les bachelettes sur les terres Ramsay, mais son estime pour lui s'était renforcée. Elle avait l'impression qu'elle était inébranlable. Le garçon qu'elle avait admiré était devenu un homme bien, qui la respectait et lui avait donné de l'espoir en l'avenir.

Alors qu'elle avait craint d'être tournée en ridicule et jugée si quelqu'un découvrait son secret, elle se sentait désormais acceptée. Chérie. *En sécurité.*

Mal avait eu tort de profiter de son innocence. Assise sur ce rocher au milieu d'une forêt des Highlands, elle se promit de ne plus jamais le laisser la toucher. Elle se battrait. En observant Sela, elle avait appris à se défendre, à garder la tête haute.

C'était une femme difficile, mais elle était aussi une source d'inspiration. Désormais, Linet Baird ne faisait plus ce qu'on lui disait. Gregor se retourna et se dirigea vers elle avec un sourire, puis il se figea soudain.

Et le monde charmant qu'ils avaient créé ensemble s'effondra en un instant.

— Linet, retourne à la grotte ! s'écria-t-il.

Il courut vers son cheval qui renâcla, ce qui n'était pas bon signe.

Le bruit des sabots des chevaux résonna à travers les terres, et même si elle savait que Gregor ne craignait pas *leur* arrivée, elle pria pour que ce soit Will et Maggie. Gregor attrapa l'épée qu'il avait rengainée sur son cheval, son arc déjà en main. Il se précipita vers elle, l'air déterminé, mais il arriva trop tard. Un bras surgit de nulle part et s'enroula autour de sa taille, la hissant dans les airs et sur le dos d'un cheval au galop.

Linet se débattit de toutes ses forces. Elle donna des coups de pied, mordit, griffa et elle sut qu'elle avait atteint sa cible quand son ravisseur hurla :

— Aïe ! Espèce de petite catin !

C'était la voix d'Earc. Il l'avait retrouvée. Il la gifla durement, mais elle le remarqua à peine : son regard était rivé sur les chevaux qui arrivaient derrière lui. À première vue, ils étaient plus d'une dizaine. Il y en avait tellement ! Feraient-ils du mal à Gregor ? Iraient-ils jusqu'à le tuer ?

Gregor se servit de son arc et abattit trois des hommes, mais les autres le rejoignirent, quatre d'entre eux se jetant sur lui en même temps. Il brandit son épée et se battit courageusement, en blessant deux au niveau du ventre. Ils tombèrent au sol, mais d'autres se jetèrent sur lui et se joignirent à la bataille.

Il lutta vaillamment, mais il n'était pas de taille face à sept autres hommes, si Linet avait bien compté. Quatre d'entre eux le tinrent et l'attachèrent, le battant tout en accomplissant leur tâche.

— Bande de pendards ! hurla Linet à l'attention d'Earc. Laisse-nous tranquilles. N'as-tu donc pas de conscience ? Tu es un garde Ramsay !

— J'*étais* un garde Ramsay. Aujourd'hui, je suis bien payé pour mes compétences. Je n'ai pas besoin de servir qui que ce soit, déclara-t-il, puis il siffla et deux hommes quittèrent le groupe qui entourait Gregor pour s'approcher de lui. Attachez-la. Je n'ai pas besoin de recevoir des coups de pied et de griffes pendant tout le trajet du retour. Elle monte avec moi, mais je veux qu'elle soit solidement attachée.

Il la laissa aux deux gardes qui firent ce qu'il leur avait demandé. Earc s'approcha de Gregor et lui donna un coup de poing au visage. Gregor cracha du sang du coin de la bouche. Linet battit des jambes et des bras. Elle voulait le rejoindre, mais elle n'arrivait pas à se dégager.

— Faut-il que je sois attachée pour que tu aies le courage de me frapper, Earc ? Pourquoi ne pas me laisser partir, pour voir si tu peux te débrouiller seul ? À moins que tu n'aies peur de moi ?

Earc posa les mains sur ses hanches.

— Je vais te dire la vérité. Ta sœur et son groupe ont causé suffisamment de problèmes au canal. Nous avons une énorme cargaison qui doit être livrée. Cette seule expédition me permettra de ne plus jamais avoir à travailler en tant que garde. Nous t'emmenons. Pour l'instant, te tuer poserait trop de problèmes : la dernière chose que nous voulons, c'est qu'une légion de Ramsay nous tombe dessus, mais tu pourrais rapidement me convaincre du contraire. Si tu n'arrêtes pas d'interférer, nous ferons tout notre possible pour que ton corps ne soit jamais retrouvé.

Il rejoignit son cheval et se hissa dessus. Puis il dit à ses amis qui avaient attaché Linet :

— Passez-la-moi.

Une fois qu'elle fut installée, attachée trop étroitement pour bouger, Earc siffla pour que ses amis le suivent. La dernière chose que Linet ouït fut Gregor qui lui criait :

— Linet ! Je vais te suivre. Ce n'est pas fini, Earc. Tu es un homme mort.

Et en dépit de sa situation, pieds et mains entravés, Linet le crut. Ils voyagèrent en silence pendant un court moment. Puis Linet fut incapable d'en supporter davantage.

— Pourquoi ? Pourquoi ne peux-tu pas me laisser tranquille ?

— Parce que nous avons besoin de tes services dans les Borderlands. Cesse de te battre et accepte ton destin. Une fois la cargaison partie, nous n'aurons plus besoin de toi.

— Et que se passera-t-il alors ? Tu me tueras ?

— Ce n'est pas mon problème. On m'a demandé de te ramener à Edinburgh, et tu seras ensuite emmenée dans les Borderlands.

Linet soupira. Elle savait ce que cela signifiait. Elle serait tuée ou envoyée sur la mer du Nord.

Achetée et vendue comme une marchandise. Mais elle avait un petit espoir. Si elle devait être emmenée dans les Borderlands, elle verrait Sela. Si elle parvenait à se placer sous sa protection jusqu'à l'arrivée de Gregor, peut-être survivrait-elle à cette épreuve.

Car elle n'avait aucun doute sur le fait qu'il viendrait la chercher. Elle ne s'inquiétait pas pour lui, car il était très intelligent et très fort. Et ses cousins allaient le retrouver.

Elle fit malgré tout une petite prière pour lui.

❧

Gregor se maudit pour sa faiblesse. Pourquoi diable s'était-il imaginé qu'il pouvait protéger Linet à lui tout seul ?

Il avait lamentablement échoué.

Il priait pour que ses cousins arrivent bientôt, même s'il détestait l'idée qu'ils le trouvent dans un tel état. Luttant contre ses entraves, il fit ce qu'il pouvait, mais il ne parvint qu'à s'abîmer les poignets.

Il devait faire quelque chose.

Bon sang, Ramsay ! Réfléchis ! Tu as toujours pensé que ton père et ta mère avaient les esprits les plus vifs de tout le clan, alors sers-toi de ce don qu'ils t'ont transmis.

Il lança un regard à son cheval qui renâcla, son habituel salut matinal.

— Ne pourrais-tu pas m'aider, Silver ? cria-t-il à l'animal. Je croyais que tu étais mon ami ! L'animal fit un pas en avant, lui donnant un léger coup de museau comme pour le maudire de ses paroles.

C'est alors qu'il remarqua quelque chose. Son épée gisait au sol près de son cheval. Ces imbéciles n'avaient pas pensé à lui voler son arme. Il pourrait sans doute s'approcher assez pour faire coulisser la lame entre ses poignets.

Il roula deux fois, puis Silver fit deux pas dans sa direction et le poussa avec son nez.

— Bon sang! Recule, grosse bête! Tu m'empêches d'accéder à mon épée.

Il ne put s'empêcher de rire devant les pitreries de l'animal, et cela l'aida à ne pas perdre la tête.

— Oui, je vois que tu te sens mal pour moi, mais pas assez pour m'aider, hein?

Il roula à nouveau, directement contre la jambe avant du cheval, mais doucement, car il savait que Silver avait des fragilités.

— Bouge, tu veux bien?

Le cheval recula enfin en hennissant, laissant à Gregor juste assez d'espace pour faire ce qu'il voulait. Il roula encore une fois et s'approcha suffisamment de sa lame pour faire glisser la corde qui liait ses mains sur le bord tranchant, en prenant soin de ne pas se couper.

Il lui fallut un certain temps, mais il parvint à se libérer des liens qui lui enserraient les poignets. Cela fait, il n'eut plus qu'à trancher les entraves de ses jambes. La dernière corde céda un instant avant que le bruit de sabots ne parvienne à nouveau à ses oreilles.

Son cheval s'éloigna, leva le nez, puis hennit doucement. Gregor soupira de soulagement. Silver reconnaissait l'odeur de cette personne.

C'était un ami qui s'approchait de lui, pas un ennemi.

Gavin arriva par le côté de la grotte quelques instants plus tard, les sourcils arqués.

— Que t'est-il arrivé, Gregor ?

Son cheval hennit à nouveau, et, cette fois, il sembla presque soulagé. Lorsque Gregor se releva enfin, Silver se rapprocha et il tapota le garrot du gros animal.

— Je sais. Ce n'était pas ta faute. Je te remercie d'être resté.

— Que s'est-il passé ? répéta Gavin. J'ai croisé cinq morts en chemin. As-tu fait cela tout seul ?

Gregor adressa un signe de tête à Will et Maggie, qui étaient arrivés derrière Gavin, avec Owen et quelques autres gardes.

— Oui. Mais je n'ai pas pu empêcher les sept autres d'enlever Linet et de me ligoter.

— Linet était avec toi ? demanda Maggie.

— Oui. Après le départ de Connor, Braden et Roddy pour les Borderlands, je suis allé au bordel pour voir si je pouvais croiser Linet. Ils avaient aménagé un nouvel endroit pour que les bachelettes se battent. Quand ils ont tenté d'opposer Linet à deux femmes à la fois, elle s'est précipitée vers moi et m'a supplié de l'aider. Alors j'ai envoyé Nari vous retrouver et nous sommes partis. Nous avons passé la nuit dans la grotte, espérant que vous nous rejoindriez ce matin, mais Earc et ses hommes sont arrivés les premiers.

Sa gorge se serra quand il prononça les derniers mots. Il détestait le souvenir d'elle sur le cheval d'Earc.

— Earc ? répéta Owen. Tu viens de parler d'Earc et ses hommes ? Que pouvait-il vouloir à Linet ?

— Linet dit qu'Earc est l'un des chefs du canal ici à Edinburgh.

Owen grogna :

— Je savais que je n'aimais pas ce pendard.

Maggie se tordit les mains.

— C'est sûrement Earc qui a fait enlever Linet. Se pourrait-il qu'il soit celui qui a organisé l'attaque contre Will et moi à Inverness ? s'enquit-elle, scrutant le visage de Gavin. A-t-il envoyé des hommes après mon père ?

— Probablement, soupira Gregor. Il a dit que les Ramsay avaient causé trop de problèmes au canal. S'il m'a laissé en vie, c'est pour éviter que les gardes Ramsay se lancent tous à sa poursuite. Ils ont une grosse cargaison à expédier et il a affirmé qu'il gagnerait beaucoup d'argent grâce à elle. Je suis sûr qu'il ne s'attendait pas à me retrouver aussi facilement.

— Tu as dû le surprendre. Je te félicite d'avoir tué cinq de ces pendards et d'avoir survécu, dit Will. Nous retrouverons la bachelette.

Gregor acquiesça.

— Où est Merewen ? demanda-t-il à Gavin.

— Nous l'avons laissée avec Nari à l'auberge. J'ai promis de revenir une fois que nous vous aurions trouvés.

Le cœur de Gregor se serra.

— Je suis navré de devoir la décevoir et de lui dire que j'ai perdu sa sœur.

— Gregor, tu ne la décevras pas, le rassura Maggie. Tu l'as convaincue de s'échapper d'une situation difficile. Cela fera immensément plaisir à Merewen. Will a raison, nous la retrouverons.

Gregor enfourcha son cheval, puis essuya un peu de sang de son visage avec la manche de sa tunique.

— Oui, nous y arriverons. Je le lui ai promis.

Le puissant besoin qu'il éprouvait de tenir sa promesse, et sans tarder, lui permit de comprendre pourquoi tant de ses cousins avaient choisi de se marier.

Parce que rien ne comptait davantage que de retrouver Linet.

CHAPITRE SEIZE

❦

LORSQU'ILS ARRIVÈRENT À Edinburgh, Linet avait l'impression que son postérieur était à vif. Il ne lui fut pas facile de descendre de cheval avec dignité, mais, heureusement, Earc ne la toucha pas de manière inappropriée. Après la merveilleuse nuit qu'elle avait passée dans les bras de Gregor, elle ne savait pas si elle aurait pu le supporter.

La brute la détacha, puis la prit par le bras et la poussa à l'intérieur du bâtiment dont elle s'était échappée la nuit précédente. Le bordel, sans le moindre doute, même si elle n'en avait jamais vu la façade à la lumière du jour. Ils franchirent la porte d'entrée, passèrent devant quelques hommes qui buvaient de la cervoise dans la grande salle. Partout où Linet posait le regard, il y avait des gardes.

Earc l'entraîna jusqu'à l'arrière du bâtiment, à travers un couloir miteux où ne brûlait qu'une seule torche. Encore un couloir qu'elle n'avait jamais emprunté. Le manoir regorgeait de surprises, où qu'elle regarde. Cette partie sentait la cervoise éventée et les sols sales. Earc ouvrit la dernière porte à droite et entra, entraînant la jeune femme derrière lui.

Il la fit alors passer devant lui, la plaçant directement en face de l'homme assis à la table, qui buvait une cervoise et mangeait un ragoût.

Mal.

Dès qu'il posa les yeux sur elle, son visage s'illumina, en complète opposition à la réaction de Linet.

Elle eut soudain la nausée. Pourquoi Mal était-il ici ?

— Voilà, chef. Comme tu l'avais demandé. Je ne lui ai pas fait de mal, mais j'ai dû l'attacher pour l'amener ici. Elle s'est débattue, alors ses poignets sont un peu à vif.

Chef. Travaillait-il avec ce groupe d'hommes depuis le début ? Son frère était-il impliqué dans le canal de Dubh ? Mal sourit et contourna la table, sans jamais la quitter du regard. Une fois devant elle, il s'appuya sur le meuble et croisa les bras.

— Eh bien, eh bien ! Voilà donc ma chère sœur. Laisse-nous, ordonna-t-il à Earc. Bon travail. En fait, je te confierai les rênes d'ici quand je devrai me rendre dans les Borderlands.

Le pendard sourit, hocha la tête, et s'en alla.

Linet était si proche de Mal, de son agresseur, que sa vision se troubla. L'odeur de renfermé qu'elle avait toujours remarquée chez lui envahit ses narines, et elle crut qu'elle allait être malade. Son sang se mit à bouillonner, à tel point qu'elle en oyait les pulsations dans ses oreilles, un bruit sourd, comme un boum, boum, boum... Sa vision s'obscurcit.

Ses genoux faiblirent et faillirent se dérober, mais la flamme de l'espoir qui venait tout juste de s'allumer en elle ne s'était pas encore éteinte. Elle se redressa, refusant de se laisser affecter par sa présence.

Non, elle ne le laisserait plus avoir ce genre de pouvoir sur elle. Il leva la main et fit courir son doigt le long de sa mâchoire.

— Tu es à moi. Je te l'ai toujours dit. Je ne te permettrai jamais d'être avec un autre.

Une fois de plus, toute la colère et la souffrance refoulées surgirent de là où elle les avait cachées, et elle craqua.

Sa main jaillit et lui asséna une violente gifle sur la joue, si violente que le choc dans le regard de Mal se mua en fureur en un clin d'œil. Mais elle ne s'arrêta pas.

Elle ne *pouvait pas* s'arrêter.

Animée par la gentillesse et le respect de Gregor Ramsay, elle frappa à nouveau, le touchant à trois reprises avant qu'il ne lui saisisse le poignet.

— Qu'est-ce qui ne va pas chez toi ?

Linet lui donna un coup de pied et essaya de lui mordre la main.

— Jamais ! Tu ne me feras plus jamais de mal ! Jamais ! Tu m'ouïs ? Jamais !

Elle se battit de toutes ses forces. Mal devait avoir compris qu'il ne parviendrait pas à la calmer, car il l'attrapa et la fit tourner devant lui, son dos plaqué contre lui.

— Tu as de la chance d'être ma sœur, grognat-il. Si tu étais une vieille catin, je te battrais pour m'avoir frappé. Mais nous avons besoin de toi dans les Borderlands. Tu vas me suivre et tu ne recommenceras jamais. Compris ?

— Non. Je n'irai nulle part avec toi. Envoie-moi avec quelqu'un d'autre, mais pas toi. Je te déteste. Tu es malade. Laisse-moi tranquille. Je te déteste !

L'émotion faisait trembler sa voix, même si elle luttait pour la contenir. Elle ne voulait pas que Mal pense qu'il exerçait un tel contrôle sur elle.

— Eh bien, c'est fort dommage. Merewen est dans l'autre pièce, attachée à une chaise. Je suppose que je vais devoir l'emmener à ta place.

Il la poussa sur une chaise et s'écarta rapidement de son chemin. Son air arrogant fit comprendre à Linet qu'il pensait ce qu'il avait dit. Elle aurait tant aimé pouvoir lui arracher ce regard ! Elle se leva d'un bond et essaya de lui cracher dessus, mais il la repoussa sur la chaise.

— Sois très prudente. Quoi qu'il arrive à partir de maintenant, Merewen pourrait en subir les conséquences.

Complètement terrifiée, Linet se rassit et ne bougea plus. Les larmes lui brouillèrent la vue.

— Comment pourrais-tu ? Tu mens. Elle n'est pas là. Je ne te crois pas.

— Voilà ce que je vais te dire, petite fille. Peut-être suis-je en train de mentir. Mais, si c'est le cas, ce ne sera pas un mensonge longtemps. Je l'éloignerai de Gavin comme je t'ai éloignée de Gregor Ramsay. Les hommes de Ramsay étaient peut-être une force avec laquelle il fallait compter auparavant, mais plus pour longtemps. Aujourd'hui, j'ai des centaines d'hommes à ma disposition. Pourquoi ? Nous avons la plus grosse cargaison que nous ayons jamais tentée, prête à traverser les eaux. Mes chefs ne lésineront pas sur les moyens pour embaucher des hommes afin de s'assurer que tout se passe comme prévu. Et les gardes Ramsay ne représenteront aucune menace pour nous. Alors, tente ta chance. Passe cette porte, et je te laisserai tranquille. Mais sache que Merewen prendra ta place au crépuscule.

Les larmes qu'elle avait retenues depuis qu'Earc l'avait arrachée à Gregor jaillirent finalement et inondèrent ses joues. Elle se plia en deux et se couvrit la tête de ses mains, car elle en avait ouï plus qu'elle ne pouvait en supporter. Ces ordures avaient plus d'hommes que les Ramsay, et son frère ne s'arrêterait pas tant qu'il n'aurait pas trouvé Merewen et qu'il ne l'aurait pas utilisée comme il l'avait fait avec Linet.

Elle ne pouvait pas le laisser faire, pas s'il y avait la moindre possibilité qu'il mette ses menaces à exécution. Elle aimait trop Merewen.

Mal le savait aussi. Il se dirigea vers la porte et l'ouvrit.

— Fais ton choix, *Leena*. Soit tu pars pour les Borderlands avec moi de ton plein gré, sans te battre, soit je te laisse ici et je mets Merewen à ta place, proposa-t-il, tenant la porte pour elle. Que choisis-tu ?

Elle releva la tête, renifla, et dit :

— J'irai. Laisse Winnie tranquille.

— Alors, lève-toi. Nous partons bientôt. Va

voir la femme dans la pièce d'à côté et trouve une robe décente. Tu ne peux pas porter les vêtements dans lesquels tu as combattu hier. Fais ce que tu as à faire, et sois devant le bâtiment dès que tu as terminé. Et n'oublie pas que tu es de nouveau Leena, maintenant.

Elle leva les yeux pour lui lancer le regard le plus haineux et le plus méprisant qu'elle ait jamais adressé à quelqu'un.

Il tendit la main pour lui donner un petit coup au menton.

— Sois gentille, ma petite. Si tu te souviens, nous avons laissé Gregor en vie. Il suffit d'un coup de poignard à la gorge pour changer ça.

La vie de Linet ne comptait plus à ses propres yeux.

Gregor descendit de sa monture devant leur auberge en poussant un énorme gémissement, car son corps lui faisait mal à tant d'endroits qu'il n'aurait su dire lequel était le plus douloureux.

À bien y réfléchir, il savait où il avait le plus mal : au cœur. Il avait échoué à protéger Linet, et il avait failli à empêcher son enlèvement par les hommes du canal de Dubh.

Une fois qu'ils furent tous descendus de cheval, Maggie secoua la tête, le regard perdu dans le lointain.

— Je n'arrive toujours pas à croire qu'Earc était un espion du canal. Ce doit être lui qui a fait enlever Linet.

— J'en suis absolument convaincu, intervint

Gavin. Mon père le tuera, mais Torrian le battra d'abord jusqu'à ce qu'il en devienne fol. Il était là pendant tout ce temps.

— Il n'est parmi nous que depuis moins d'un an, Gavin, le corrigea Maggie.

— C'est vrai, mais nous ne connaissions pas le canal avant cela.

Will leur fit signe d'entrer ; Nari salua Gavin en se levant d'un bond de l'une des tables communes.

— Je l'ai protégée. Elle est toujours là, et je n'ai laissé personne s'approcher d'elle.

Gregor intervint.

— Tu as fait un meilleur travail que moi mon garçon, soupira-t-il. J'aimerais que nous ayons un endroit plus privé pour parler, mais je n'ai vu personne d'autre ici que Braden et Roddy. Nous prendrons deux chambres supplémentaires maintenant que vous êtes là, ce qui pourrait remplir l'auberge.

Merewen se leva de table, le visage si plein d'espoir que Gregor allait avoir le cœur brisé de lui dire la vérité. Il s'assit à côté d'elle pour lui parler.

— Merewen, Linet est venue à moi dans la salle de combat, elle m'a demandé de l'aider. Nous avons réussi à échapper aux hommes du canal de Dubh, mais ils nous ont rattrapés ce matin, et ils l'ont emmenée.

Les traits de Merewen se crispèrent, mais elle lui saisit la main et la serra.

— Mais elle a volontairement quitté Sela ? Elle a quitté son travail de guérisseuse ?

— Oui. Ils l'ont obligée à se battre, et je crois

que c'était trop pour elle. Earc était à la tête du groupe d'hommes qui l'ont enlevée. J'ignore complètement où elle peut se trouver. Peut-être au bordel.

Nari commença à agiter une main en l'air pour attirer l'attention de George. Il semblait si excité que ce dernier n'aurait pas été surpris s'il s'était mis à sautiller.

L'aubergiste entra dans la salle.

— Cervoise pour tous ? Voulez-vous des tourtes à la viande ?

— Oui, s'il vous plaît, répondit Gavin. Plus il y en a, mieux c'est.

L'aubergiste acquiesça, et, dès qu'il fut parti, une jeune fille apporta des gobelets de cervoise pour tout le monde.

Quand elle fut sortie de la salle, Gregor prit la parole.

— Qu'est-ce qui te rend à ce point excité, mon garçon ? Raconte-nous ce que tu as appris.

— Il a fallu que je fasse pipi…, dit-il, puis il s'interrompit pour regarder Merewen et Maggie et murmurer des excuses.

— Continue, Nari, lui dit Maggie. Raconte-nous ce que tu sais.

— Les gardes ont dit qu'ils allaient veiller sur lady Merewen, alors je me suis dépêché de sortir. J'ai vu un groupe quitter les écuries. Au milieu se trouvait la bachelette qui était avec vous au bordel, celle qui a dû se battre. Et il y avait deux hommes avec elle. J'ai écouté, et ils ont dit qu'ils se rendaient à l'endroit où les autres étaient allés.

— Qui était-ce ? s'enquit Will.

— Linet.

— En es-tu sûr ? l'interrogea Will, la tête inclinée sur le côté, comme s'il remettait en doute les paroles du garçon.

— Oui. C'est elle qui est partie avec Gregor. Je l'ai vue de près !

Le silence s'installa autour de la table tandis qu'ils réfléchissaient à ce que cela pouvait signifier. La situation avait atteint un niveau critique. La confrontation vers laquelle ils se dirigeaient depuis des lunes et des lunes semblait enfin se profiler à l'horizon. Gregor espérait seulement que Linet ne serait pas prise au milieu de tout cela.

Merewen fut la première à prendre la parole.

— J'espère que Sela est là-bas. Elle protégera Linet. Elle l'a toujours fait. En fait, c'est l'une des raisons pour lesquelles Linet voulait rester à Inverness. Elle faisait confiance à Sela.

— Mais Sela a des ennuis, donc l'endroit où ils l'ont emmenée est dangereux, déclara Nari, dont l'expression témoignait de l'impression que ces méchants hommes avaient faite sur lui. Ce n'est peut-être pas le même endroit.

L'aubergiste revint avec les tourtes à la viande et tous se servirent ; Gavin en prit cinq. Gregor n'avait pas faim, mais il s'obligea à manger. Il aurait besoin de ses forces.

— Dès que j'aurai mangé, je partirai la chercher, annonça-t-il, dévorant sa nourriture à toute vitesse.

— Mais tu ne sais pas où ils vont, intervint

Gavin. Tout ce que nous savons, c'est que c'est dans les Borderlands.

— Peut-être pas, mais je sais où ils vont, insista Nari. Il n'y a pas beaucoup de monde là-bas. Je pourrai retrouver Thorn, qui est avec Connor et les deux autres hommes.

— Où ? s'enquit Will, plissant les yeux. Les Borderlands, c'est une vaste région.

— South Berwick. Je l'ai ouï quand je me trouvais devant le bord…, dit-il avant de se plaquer une main sur la bouche, qu'il laissa rapidement retomber. Je veux dire, la salle de combat, quand j'attendais Gregor.

Gregor et Maggie gémirent à l'unisson, tandis que Gavin jurait.

— Qu'est-ce qui ne va pas ? demanda Nari. Je peux vous y conduire. Nous les trouverons.

— South Berwick se trouve sur la rivière Tweed.

— En quoi est-ce mauvais ? s'inquiéta le garçon.

Les yeux de Merewen s'embuèrent tandis que Maggie répondait à la question de Nari.

— Parce que la rivière Tweed mène à la mer, l'endroit le plus probable pour embarquer des bachelettes et des garçons sur leurs bateaux. C'est un port très actif.

Gregor avala le reste de sa cervoise.

— Nari, es-tu prêt ?

— Pour quoi ? demanda-t-il en fixant Gregor.

— Nous partons à leur poursuite. Tout de suite.

Les yeux du garçon s'illuminèrent et il hocha solennellement la tête, se levant d'un bond, en même temps que Gregor.

— J'envoie deux gardes sur les terres Ramsay

pour qu'ils en ramènent cinquante, ajouta ce dernier en regardant les autres. Quiconque veut m'accompagner est le bienvenu.

Gavin tendit la main pour aider Merewen à se relever. Elle avait déjà saisi son arc de sa main libre.

— Nous venons, dit-elle, de la détermination dans la voix.

Maggie croisa les bras.

— Peut-être devrions-nous attendre l'arrivée des guerriers.

Gregor secoua la tête.

— Si nous avions attendu, Will et toi seriez peut-être encore dans cette caisse sur un bateau au milieu de la mer du Nord.

La fureur se lisait sur les traits de Maggie.

— Tu as raison. Will, nous partons avec eux. Nous enverrons Owen et un autre garde pour rassembler les autres hommes. Ils peuvent nous rejoindre à South Berwick. Nous avons près de dix autres gardes pour nous accompagner.

— Bien, dit Gregor, car je n'attendrai pas et j'aimerais que vous m'aidiez. Connor avait plusieurs gardes avec eux, car Braden et Roddy en ont amené quatre. Nous pourrions arriver à vingt-cinq. Nari, prends tout ce dont tu as besoin. Nous partons.

CHAPITRE DIX-SEPT

LORSQU'ILS ARRIVÈRENT À South Berwick, le soleil se couchait. Ils n'étaient pas au milieu de la ville comme à Edinburgh et Inverness, mais dans un endroit isolé, caché dans une épaisse forêt. Linet avait été contrainte de monter à cheval avec quelqu'un qu'elle ne connaissait pas, mais au moins elle n'avait pas été attachée cette fois-ci. Elle se tenait devant les trois bâtiments en se tordant les mains, sans savoir ce qu'elle trouverait à l'intérieur. Mal avait disparu dans le bâtiment principal. Il y en avait deux autres derrière, formant un triangle. Si celui de gauche était de loin le plus grand, celui de droite était plus éloigné et beaucoup plus petit.

Les hommes parlaient tous à voix basse, mais elle oyait des bribes de ce qu'ils disaient. Ceux qu'ils craignaient le plus n'étant pas là, Mal prendrait le relais pour l'instant. Il s'avérait que son frère n'avait pas seulement été son bourreau, mais le bourreau de beaucoup d'autres.

Il revint du bâtiment principal et se dirigea

droit vers elle. Il la saisit par le coude et l'entraîna vers la plus grande bâtisse.

— Faut-il que tu sois à ce point brutal avec moi ? s'enquit-elle en serrant les dents.

— Je ferai ce que je veux de toi. Comme je l'ai toujours fait. Tu suivras les ordres sans poser de questions, sinon tu seras affectée à ma chambre.

Il plissa les yeux, comme à chaque fois qu'il l'avait menacée. La cruauté qui régnait dans son cœur noir avait rongé sa peau, ne laissant qu'une ombre de l'homme qu'il avait été.

— Où est Struan ? murmura-t-elle, se demandant si son autre frère était impliqué dans cette histoire.

— Struan n'est pas impliqué. Il est trop fol, affirma-t-il en relâchant son bras. Struan a failli provoquer un désastre. Il a presque attrapé tes ravisseurs cette nuit-là sur les terres Ramsay. J'ai dû l'envoyer dans une autre quête, sans quoi je n'aurais jamais pu te faire partir.

Son cœur se serra.

— C'est toi qui as fait tout ça ? Mon propre frère a organisé mon enlèvement ?

Elle n'aurait pas dû être surprise, mais, même après tout ce qu'il avait fait, il avait encore le pouvoir de la blesser. L'ignorant, il ouvrit la porte et la poussa dans une grande salle au milieu de laquelle se trouvaient plusieurs tables. Une cheminée occupait presque tout un mur de la pièce, et quelques fauteuils étaient disposés devant. Il n'y avait que deux personnes à l'intérieur, mais elle reconnut l'une des deux, parce qu'aucune autre n'avait cette couleur de cheveux.

Sela.

Elle était assise sur un fauteuil devant l'âtre, les yeux rivés sur les flammes, et elle ne se retourna pas pour voir qui était entré.

Deux autres portes se trouvaient au fond de la salle, et une de l'autre côté de la cheminée. La pièce était austère et froide. L'odeur du pain cuit parvint à Linet, et elle devina que la porte la plus proche, celle de droite, menait aux cuisines. Elle s'ouvrit, et un homme étrange s'approcha d'eux en grignotant un morceau de fromage.

— Enferme-la dans cette chambre avec Sela cette nuit, ordonna-t-il. Nous les récupérerons demain matin.

L'homme donna de brèves instructions à un autre garde pour qu'il apporte de l'eau et de la nourriture dans la salle, tandis que Mal la conduisait à l'autre porte. Elle menait à une grande chambre, actuellement vide, avec des paillasses en bois pour au moins une douzaine de personnes. Il la fit passer derrière un paravent qui séparait quatre lits des autres, puis lui indiqua une couche.

— Assieds-toi. C'est ici que tu resteras jusqu'à ce que nous ayons besoin de tes compétences demain. Tu auras de l'eau et de la nourriture, et Sela t'escortera dehors pour que tu fasses tes besoins deux fois. En dehors de ça, ne me dérange pas. Reste ici et ne fais pas de bruit.

Linet se laissa tomber sur la paillasse, ravie de ne plus être sur un cheval. Ces deux derniers jours, son postérieur avait été mis à rude épreuve. Mal partit sans un mot de plus, et elle prononça une rapide prière pour qu'il la laisse tranquille jusqu'au lendemain. Elle s'installa sur la paillasse rudimentaire recouverte d'un simple plaid et d'une fourrure, se couvrant dans l'espoir que cela arrêterait ses tremblements.

Elle s'assoupit un peu, mais fut réveillée par l'ouverture de la porte, et le bruit de pas légers qui s'approchaient d'elle.

Sela vint s'asseoir sur la paillasse en face d'elle. Linet s'assit et la regarda fixement. Il n'y avait qu'une petite torche sur le mur près de la porte, il était donc difficile de voir, mais elle crut distinguer une nouvelle tristesse dans le regard de Sela. Un instant elle était là, et elle avait disparu celui d'après.

— Bonjour, Leena, la salua la femme que l'on appelait la Reine des glaces, dont l'attitude était une fois de plus aussi froide que son regard.

S'obligeant à garder son calme, elle attendit de voir ce que Sela allait lui proposer. Elle pria pour qu'elle lui explique la raison de sa présence ici. Comme Sela ne disait rien, Linet engagea la conversation. Attendre était une vraie torture.

— Sela. J'espère que tu vas bien.

Le regard de Sela fut si dur que Linet ne put s'empêcher de se demander ce qui était arrivé dans son passé pour la rendre si brusque, si insensible.

— Je préfère Inverness.

— Pourquoi suis-je ici ? Je me suis enfuie, mais ils m'ont ramenée.

— Je n'avais jamais rencontré Mal auparavant, mais j'avais ouï parler de lui. Il y a ici plusieurs hommes qu'il vaut mieux ne pas croiser. Cet endroit…, dit-elle, puis elle marqua une pause, son regard se posant sur le sol. Il y a bien plus de mauvaises personnes ici, alors sois prudente. J'aimerais pouvoir continuer à te protéger, mais je ne peux pas. Ils m'ont enlevé mon pouvoir.

— Pourquoi, Sela ? Quel est cet endroit ?

— C'est le cœur de leur raisiau. Il a été récemment déplacé depuis Londres. Le shérif s'en est rendu compte, mais ici… eh bien… ils peuvent facilement payer les lords-gardiens des Marches. Ils ont acheté le silence des gardiens anglais, et ils envisagent de le faire maintenant avec les Écossais.

— Je ne comprends pas pourquoi je suis ici. Elle aurait pu avouer à Sela que Mal était son frère, mais elle ne voulait pas qu'on l'associe à lui, alors elle garda cette information pour elle.

Sela prit une grande respiration, puis soupira.

— Leena, j'ai fait ce que j'ai pu pour te protéger de tout cela. N'as-tu jamais ouï parler du canal de Dubh ?

Linet ferma les yeux en soupirant, puis les rouvrit. C'était exactement ce qu'elle avait craint.

— Si, j'en ai ouï parler, et je ne veux pas être envoyée de l'autre côté de la mer du Nord. Je t'en prie, aide-moi. Empêche-moi de devenir l'une de ces bachelettes qu'ils vendent.

— Ils ne vendent pas que des bachelettes, dit Sela d'une voix inhabituellement ténue. Ils vendent aussi des garçons. Tout ce qui peut leur rapporter de l'argent. Ils enlèvent tous ceux qu'ils peuvent et les vendent aussi vite que possible.

Il s'agit d'une expédition gigantesque, plus importante que toutes celles qu'ils ont tentées jusqu'à présent, et ils ont besoin de ton aide.

— Mon aide ? Pourquoi ? Et où gardent-ils tous ces garçons et ces bachelettes ?

— Tu verras demain. Mais ne les mets pas en colère. Je te préviens, à moins que tu ne veuilles être vendue avec les autres, tu dois faire ce qu'ils disent. Si tu fais cela, tu ne devrais pas être envoyée sur le navire.

— Mais les Ramsay sont ici. Les Grant et les Ramsay ont amené des gardes. Ils vont essayer de me sauver, j'en suis certaine.

— Les hommes du canal savent à quoi ils s'exposent. Ils ont des hommes dans le clan Ramsay afin de connaître leur nombre. Ils ont engagé suffisamment de combattants anglais pour les surpasser. Cela fait un certain temps qu'ils se préparent pour cette cargaison. Ils pensent qu'ils gagneront suffisamment d'argent pour ne plus jamais avoir à travailler. Ces hommes sont cruels, et ils sont prêts à tout pour réussir. Ne les mets pas en colère, sinon ils te tueront. C'est aussi simple que cela, dit Sela, fixant un point sur le mur, le regard voilé. Ces hommes… je n'ai jamais croisé une telle méchanceté.

Linet ferma les yeux, assimilant tout ce qu'elle venait d'ouïr, se demandant ce qui pouvait encore empirer. Malgré tout, elle n'était pas encore prête à perdre espoir. Elle avait confiance en Gregor et en sa famille.

— Mais tu as vu ce qui est arrivé à Inverness. Il ne faut pas sous-estimer les Ramsay et les Grant.

— Les hommes du canal de Dubh ont appris leur leçon, et ils ont engagé davantage d'hommes. Ce qui s'est passé à Inverness les a incités à déplacer le cœur du raisiau à South Berwick et à avancer le jour de l'envoi de la cargaison.

— Pourquoi restes-tu ? demanda-t-elle à Sela, car elle ne pouvait s'empêcher de se demander pourquoi elle travaillait pour ce genre d'hommes.

— J'ai mes raisons, dit-elle d'un ton plat.

Tout comme Linet. Sa raison, c'était Merewen. Quelle était celle de Sela ?

***

— Si vous pouviez préparer les chevaux, je reviens tout de suite, dit Nari en dansant d'un pied sur l'autre, je dois retourner…

Il s'arrêta, regardant Maggie et Merewen, essayant de décider s'il pouvait prononcer ses mots préférés devant elles, mais il décida de s'en abstenir.

— Je reviens tout de suite.

Il s'élança en direction de la ville, connaissant l'endroit idéal pour faire pipi. C'était son coin préféré parce qu'il pouvait parfois frapper la pierre à l'autre bout du buisson avec son jet. Alors qu'il courait sur le chemin désert, il sortit son épée imaginaire et tua trois hommes imaginaires qui se trouvaient sur sa route, la balançant exactement comme il avait vu Gregor le faire lorsqu'il avait tué ces pendards à l'entrée du bordel. Il s'était faufilé à l'intérieur pour regarder. Quand il enfonça sa lame dans le cœur du dernier, il fléchit ses bras pour qu'ils soient aussi gros que ceux de

Gregor et Connor. Puis il cracha sur ces pendards avec un grognement.

— Maudits imbéciles de pendards !

Il rit un peu parce qu'il avait juré, même s'il n'était pas sûr de savoir ce que cela signifiait. Un jour, il serait aussi fort que Gregor. Il pourrait même être aussi grand que Connor Grant. Peut-être que Gregor ferait un jour de lui un véritable garde Ramsay.

Il mangerait quand il le voudrait, et tout ce qu'il voudrait. Même des pâtisseries aux fruits comme on les servait à l'auberge.

Il trouva son buisson et se soulagea, surpris de voir un cheval se diriger vers lui. Il termina son travail, puis jeta un coup d'œil à l'homme qui passait par là.

Il le connaissait ! Il se retourna et courut si vite sur le chemin que ses pieds faillirent se dérober sous lui. Gregor allait être tellement fier de lui !

Il s'arrêta juste devant Will et Maggie, qui étaient déjà sur leurs montures. L'un des chevaux renâcla en guise d'avertissement, mais il ignora la bête, cherchant Gavin ou Gregor dans les environs.

Il devait faire son rapport directement à un Ramsay.

Puis il jeta un nouveau regard à Maggie et se rendit compte qu'*elle* était une Ramsay. Pendant un moment, il se demanda ce qu'il devait faire… Elle était une Ramsay, certes, mais c'était quand même une bachelette. Les bachelettes ne pouvaient pas faire les mêmes choses que les garçons. Mais celle-ci était différente…

— Nari ? l'appela-t-elle. Quelque chose ne va pas ?

Il ouït finalement la voix de Gregor, la suivit, et cria :

— My lord, devinez quoi ?

— Quoi ? demanda Gregor en penchant la tête vers lui.

— J'ai trouvé l'homme que vous détestez tous. Je viens de le voir à cheval se diriger vers la sortie de la ville.

— Combien sont-ils avec lui ? s'enquit Gregor.

Ses traits étaient devenus sombres et emplis de colère, tout comme ceux du père de Nari lorsqu'il avait appris que celui de Thorn ne reviendrait pas à la maison.

— Il n'y avait personne, il était seul.

Gregor monta sur son cheval et tendit la main à Nari.

— Conduis-moi à lui.

— Qui a-t-il vu ? demanda Maggie alors que Gregor les dépassait, Nari maintenant installé devant lui.

— Earc. Je vais chercher ce pendard.

Nari rit et se frappa la cuisse en oyant le juron. Il avait fait du bon travail cette fois-ci.

Peut-être aurait-il droit à une tourte à la viande après tout.

CHAPITRE DIX-HUIT

ÈVE-TOI, LINET.

La voix de Mal la réveilla tôt le lendemain matin. Elle se frotta les yeux et se redressa dans le lit. La seule autre personne qui dormait derrière le paravent était Sela, qui restait immobile sur sa couche.

— Dépêche-toi de te préparer. Puis retrouve-moi dans la grande salle.

Il s'en alla en claquant la porte. Au moins, il ne l'avait pas réveillée au milieu de la nuit.

Elle se leva et s'étira, heureuse de voir une carafe d'eau sur la petite table d'appoint. Elle fit ses ablutions qu'elle termina en se frottant les dents avec un carré de lin. Elle quitta ensuite la chambre, ignorant les deux hommes qui dormaient de l'autre côté du paravent.

Quand elle entra dans la grande salle, tout le monde cessa de parler. Elle se plaça sur le côté, attendant le cri de Mal.

À sa grande surprise, deux hommes étaient assis, tandis que son frère et une douzaine d'autres étaient debout autour d'eux. Elle n'avait jamais vu l'un ou l'autre des hommes sur les chaises.

— Agnes, dit l'un d'eux. Apporte à la bachelette du pain et du fromage.

Il parlait avec un accent anglais, tout comme l'homme à côté de lui, qui la surprit en lui disant d'une voix gentille :

— Assieds-toi, ma chère.

Linet déglutit et prit place à la table la plus proche d'elle. Apparemment, cela ne convenait pas à l'homme responsable.

— Par ici, Leena, dit-il avec un sourire, tapotant la table devant lui.

Elle fit ce qu'il lui demandait, mais elle choisit une chaise à l'autre bout. Une femme lui apporta de la nourriture et un gobelet de lait de chèvre. Elle la remercia et vida rapidement le verre, sachant qu'elle n'aurait sans doute pas grand-chose par la suite. Gregor lui avait rappelé que, quoi qu'il arrive, elle devrait toujours garder ses forces.

Alors qu'elle mordait dans un petit morceau de fromage qu'on lui avait donné, le chef du groupe fit signe aux autres hommes de s'asseoir à d'autres tables, ordonnant à la femme de leur donner du porridge.

— Maintenant, Leena, tu peux m'appeler Dee, et voici Guy. Nous n'utilisons pas nos vrais noms ici, tout comme Sela t'a attribué un nom différent de celui que tes parents t'ont donné. Nous sommes reconnaissants et heureux que tu sois enfin ici, parce que nous avons un travail important à te confier.

Sa gentillesse sonnait faux, mais elle l'acceptait

plutôt que l'alternative. Mais, que lui voulaient-ils ? Elle le découvrirait bientôt.

— Nous avons quelques bachelettes qui sont tombées malades. Nous aimerions que tu leur rendes visite, que tu soignes leur maladie, et que tu les guérisses en quelques jours. Elles partent en voyage d'ici deux semaines, et nous avons besoin qu'elles soient en pleine forme d'ici là.

Linet écarquilla les yeux.

— Qu'y a-t-il ?

— Quelques jours ? Cela pourrait s'avérer difficile suivant la maladie dont elles souffrent. Je n'ai aucune de mes potions ou pommades.

— Nous te fournirons tout ce dont tu as besoin. Il y a de nombreux herboristes à Berwick. Tu iras voir les bachelettes et tu nous diras ce qui peut les guérir. Elles doivent être prêtes à partir d'ici deux semaines ; mais nous préférerions qu'elles aillent mieux avant. As-tu des questions ?

— Non, je ferai de mon mieux.

Elle prit une nouvelle bouchée du pain qui se trouvait devant elle, détournant le regard, même si elle faisait de son mieux pour retenir tout ce qu'il y avait à savoir sur les deux Anglais.

Si les Ramsay la sauvaient, et non *quand*, elle voudrait pouvoir leur donner le plus d'informations possible.

— Dépêche-toi de terminer. Ensuite, nous partons.

Elle acquiesça. Elle ne voulait pas s'opposer à un homme capable d'effrayer Sela et Mal. La chemise de l'homme était mouchetée de sang séché, mais elle se fichait de savoir d'où il provenait.

Quand elle eut fini de manger, elle s'essuya la bouche avec un carré de lin et se leva. Les deux hommes firent aussitôt de même. Guy dit à Mal :

— Nous irons seuls tous les trois. Tiens tout le monde à l'écart de nous. Envoie d'autres gardes le long du chemin pour qu'ils s'assurent que personne ne s'approche de nous.

Alors qu'elle suivait les Anglais, Linet baissa le regard, refusant de regarder ce frère qu'elle méprisait. Elle n'arriverait jamais à s'échapper d'un endroit où il y avait autant de gardes, du moins pas toute seule.

Elle devait croire que Gregor la retrouverait.

Les hommes la conduisirent vers le petit bâtiment situé à gauche, et un son parvint à ses oreilles, un son horrible et déchirant qui s'amplifiait au fur et à mesure qu'ils s'approchaient : des petits enfants qui pleuraient, un cri faible et triste qui lui indiquait qu'ils étaient malades.

Le premier qui arriva au bâtiment ouvrit la porte. Elle le suivit à l'intérieur, et l'odeur était si répugnante qu'elle faillit ressortir aussitôt. Les deux hommes le firent, tenant la porte ouverte aussi largement que possible.

Elle resta immobile jusqu'à ce que ses yeux s'habituent à la lumière du soleil qui projetait des ombres sur les visages des malades. À l'intérieur, cinq enfants de moins de cinq printemps étaient allongés sur des grabats. Du vomi s'accumulait dans une cuvette à l'arrière de la pièce. Une femme était assise sur une chaise, le regard perdu au loin.

— Tu travailles dur, Matilda ? lui demanda Dee.

— Je ne peux pas les aider. Ils vomissent et souillent leurs langes. Je ne peux rien faire pour eux.

Ses traits marqués indiquaient à Linet qu'elle avait travaillé très dur pour aider les enfants.

La bachelette ferait tout ce qu'elle pourrait pour aider à son tour, car elle savait quelque chose que les autres ignoraient. Les Ramsay essaieraient de les sauver avant ces quinze jours. Elle s'agenouilla à côté d'une petite fille qui ne devait pas avoir plus de trois printemps. Elle avait la peau sèche et grise, les yeux vides, ses cheveux clairs étaient ternes, mais son regard se fixa sur Linet comme si elle représentait son dernier espoir.

— Maman ? chuchota la petite.

— Non, je ne suis pas ta mère, ma douce.

Elle toucha les joues de l'enfant, puis plaça le dos de sa main sur son front. La petite était en proie à la fièvre. Elle doutait qu'elle soit même capable de soulever la tête de son oreiller.

— Alors ? Que devons-nous faire pour les guérir ? Trouve une potion à leur donner pour qu'elles aillent mieux, lui ordonna brusquement Dee, d'une voix aussi froide qu'elle s'y serait attendue.

Il ne s'agissait pas seulement de leur donner une potion. Selon elle, les enfants étaient mal nourris, et c'était pour cela qu'ils avaient attrapé quelque chose, qui s'était propagé parmi eux.

Linet se leva et sortit du bâtiment, dont la porte était toujours ouverte.

— Que leur avez-vous donné à manger ?

Guy se tourna vers Matilda.

— Réponds à sa question.

— Rien. Je ne leur ai rien donné, parce qu'ils vomissent tout ou rendent dans leurs langes.

L'homme regarda Linet en haussant les sourcils.

— Je ne sais pas ce dont ces enfants souffrent, mais ils ont soif et ils sont affamés. Si vous ne leur donnez pas un peu de liquide, du lait de chèvre ou autre, ils mourront. Quand un enfant cesse de vomir, il faut lui donner à boire. Selon ma maîtresse, c'était la plus importante des potions.

— Je pense que nous devrions leur faire des saignées. C'est la pratique la plus courante, ajouta Dee.

— Non ! insista Linet.

Peut-être serait-elle punie pour son audace. Mais ils lui avaient demandé de soigner les enfants.

— Si vous le faites, ils seront morts d'ici demain. Aucun d'entre eux n'est en train de vomir, alors vous devez les nourrir. Que diriez-vous d'un bouillon ? Permettez-leur de boire du bouillon de mouton ou quelque chose comme ça.

Elle se rappelait l'énervement de maîtresse Brenna quand on lui avait parlé de la saignée d'un enfant dans le château des Ramsay. Sa réaction était restée gravée dans sa mémoire.

— Comment faire ? Ils sont à peine réveillés, dit Matilda.

— Si quelqu'un nous apporte du bouillon, je vous aiderai à les nourrir.

Les deux hommes échangèrent un regard ; Guy fit un geste de la tête vers Dee et s'en alla. Dee, celui qui s'était montré si gentil, dit :

— Il va s'en occuper. Je reviendrai voir les

enfants demain, et s'ils ne vont pas mieux, je considérerai que c'est ta faute.

Il tourna les talons et partit en refermant la porte derrière lui. Linet se tenait à l'extérieur du petit bâtiment, s'appuyant sur la pierre froide pour se soutenir. Ses jambes étaient faibles, et elle avait la nausée, à cause d'une pensée qui s'était logée dans son esprit.

Une pensée qui se muait en certitude, et qui l'effrayait au plus haut point.

S'il y avait cinq enfants à ce point malades, il devait y en avoir d'autres. Combien ?

Gregor éperonna son cheval.

— Indique-moi la direction qu'il a prise, Nari. Je veux ce pendard.

— Par là, my lord ! s'exclama le petit garçon, dont l'enthousiasme était contagieux. Nous allons l'attraper. Silver est le cheval le plus rapide de tous les temps.

— Oui, il est plutôt rapide.

Gregor ne s'arrêterait pas avant d'avoir rattrapé Earc. S'ils lui mettaient la main dessus maintenant, ils retrouveraient Linet plus rapidement. Aucun d'eux ne connaissait South Berwick.

Ils chevauchèrent jusqu'à la limite de la ville, puis au-delà, dans une prairie. Rapidement, il aperçut la silhouette de ce qui semblait être un cheval devant eux… un cheval qui accéléra soudain.

Ils tenaient le pendard. Gregor se pencha vers Nari, qui leva vers lui des yeux brillants.

— Mon garçon, je vais me mettre à côté de son cheval, puis je vais lui sauter dessus pour le faire tomber. Je ne veux pas le tuer. Tu vas devoir attraper les rênes quand nous serons proches, puis tu devras calmer Silver. Peux-tu faire ça pour moi ?

— Oui, je vais le faire. Silver m'aime bien, affirma-t-il, tendant les mains vers les rênes.

— Pas encore. Je dois l'approcher suffisamment pour pouvoir sauter. Tu devras attendre que je bondisse.

— Je peux le faire. Vous pouvez compter sur moi. Le voilà ! Nous nous rapprochons !

— Oui, c'est vrai.

Gregor attendit qu'ils soient à côté d'Earc, qui avait tenté de changer de direction en voyant qu'il ne parvenait pas à les distancer. Dès qu'il fut assez près, il donna ses ordres.

— Attrape les rênes, Nari.

Il sauta sur le brigand, le faisant tomber de son cheval. Il roula dans la prairie avec lui, atterrissant directement sur Earc. Dans une position parfaite pour le battre.

Et il battit l'ordure. Quand il constata que son visage était suffisamment ensanglanté, il s'interrompit et le saisit par la tunique.

— Pendard putride ! Tu as osé souiller un plaid Ramsay ? Tu vas me mener à l'endroit où ils détiennent Linet, ou sinon…

Earc sourit.

— Sinon quoi ?

— Sinon, je te ramène et je laisse mon frère

et mon oncle Logan s'occuper de toi en même temps.

Earc osa un petit rire.

— Nos hommes ont fait du bon travail avec ton oncle Logan. Il n'est plus une menace, lança Earc, crachant un filet de salive rouge sur le côté.

Gregor pointa son poignard sur la gorge d'Earc.

— Et où sont tous ces hommes que tu as envoyés à la poursuite de mon oncle ? Combien d'entre eux t'ont rejoint ici ? Tu as oublié, n'est-ce pas ? Je vais te le rappeler. Ils sont tous morts, et mon oncle est bien vivant. Ils sont aussi morts que tu le seras si tu ne me conduis pas à Linet.

Un groupe de chevaux arriva derrière lui, au moment où Nari revenait avec Silver. Gavin, Merewen, Maggie et Will l'entourèrent avec les autres gardes Ramsay qu'ils avaient amenés, certains injuriant Earc.

Gavin sourit.

— Tu as besoin d'aide, Gregor ? J'adorerais t'aider à battre ce traître jusqu'à ce qu'il ne puisse plus parler.

— Non, pas maintenant. Il va d'abord nous conduire directement à l'enceinte où sont enfermés Linet et les autres prisonniers. Peut-être y retrouverons-nous nos autres cousins. Tu connais les Grant, n'est-ce pas, Earc ? Connor, Braden et Roddy Grant sont déjà à South Berwick avec quelques-uns de leurs propres gardes.

Earc plissa les yeux.

— Je te conduirai à Linet parce que je suis seul contre vous, mais tous les gardes Grant et Ramsay que vous pourrez avoir ne seront pas de taille face aux gardes engagés par les hommes du canal de Dubh. Vous serez tous tués ; c'est donc à votre mort que je vous mène. Mais cela me permettra de m'amuser, alors… je t'en prie, laisse-moi reprendre mon cheval et je vous mènerai au canal de Dubh, affirma-t-il, un rictus diabolique aux lèvres. Vous verrez ce qui nous rend si puissants. Et vous le regretterez amèrement.

CHAPITRE DIX-NEUF

LINET ÉTAIT ASSISE sur un tabouret au milieu du petit bâtiment, un petit garçon sur ses genoux. Le pauvre pouvait à peine lever la tête, mais elle le nourrissait avec de petites gorgées de bouillon. Il se réveillait chaque fois que le liquide coulait dans sa petite bouche ; il avalait et ouvrait les yeux pour la regarder.

Quelle situation terrible pour ces enfants !

Elle les avait tous nourris autant qu'ils le voulaient, alors elle se leva, les installa tous sur leurs paillasses et se dirigea vers la porte.

— Je reviens, Matilda.

La femme ne dit rien, alors Linet repartit vers le bâtiment principal. Ouvrant la porte le plus discrètement possible, elle jeta un coup d'œil dans le coin et fut surprise de voir deux bachelettes nettoyer le hall principal. Comme il n'y avait personne d'autre, elle entra.

— Bonjour. Avez-vous vu Sela ?

— Non, répondit la bachelette rousse au nez couvert de taches de rousseur, pointant son amie du doigt. Bess a dit qu'ils l'avaient emmenée.

— Qui l'a emmenée ?

Bess rougit et détourna le regard. Sa tresse noire serrée se balança.

— Ils l'ont emmenée. Dee et Guy. Nous ne savons pas pourquoi. Elsie et moi ne posons pas de questions. Nous nous contentons d'écouter.

— Savez-vous où ils sont allés ?

Elles secouèrent la tête à l'unisson. Sur un coup de tête, Linet demanda :

— Quel âge avez-vous ?

Ce fut Bess qui répondit.

— J'ai dix printemps et Elsie en a douze.

Un sentiment de malaise l'envahit, mais elle les remercia et prit une pomme sur l'une des tables. Après l'avoir essuyée sur sa jupe, elle ressortit dans la grisaille de la journée. L'endroit était assez désert, sans aucun point de repère à proximité, avec seulement trois bâtiments au milieu d'une forêt. Gregor la retrouverait-il ici ? Comment le pourrait-il ?

Elle aperçut un tronc au bord de la clairière et s'y assit en croquant sa pomme. Luttant contre son sentiment de désespoir. Gregor lui avait enseigné l'espoir, et elle n'était pas encore prête à l'abandonner.

Elle se rendit compte que quelque chose avait changé en elle. La meilleure preuve était qu'elle avait eu le courage de gifler Mal. Après avoir subi pendant des années les mauvais traitements qu'il lui infligeait, après avoir accepté ses allégations selon lesquelles elle méritait son sort et qu'elle n'avait pas le choix, elle s'était défendue. Chose qu'elle n'aurait jamais faite quand elle était plus jeune. Elle avait trouvé la force de s'ouvrir à

Gregor, de se laisser tomber amoureuse du seul garçon qui l'ait jamais séduite.

Son amour pour lui grandissait comme le plus petit bourgeon au printemps, il s'ouvrait timidement, comme s'il avait peur de s'exposer aux conditions difficiles de ce monde, mais il devenait plus fort chaque jour.

Était-il possible qu'elle se marie un jour, en dépit de son passé ? Elle osait l'espérer.

Tout ce chapitre de sa vie l'avait rendue plus forte. Merewen, Gregor et même Sela lui avaient permis de croire qu'elle avait de la valeur, qu'elle n'avait pas à se soumettre à qui que ce soit.

Elle ne le ferait plus jamais.

Matilda ouvrit la porte et cria après elle.

— L'un des enfants pleure à nouveau ! s'exclama-t-elle avant de se renfrogner. Où as-tu trouvé cette pomme ? Je la veux.

Linet regarda la pomme dans sa main, à moitié mangée, et prit une décision rapide. Si elle avait cru que l'un des malades était capable de la manger, elle la lui aurait apportée, mais ce n'était pas le cas pour l'instant. Elle prit quelques bouchées rapides du fruit charnu, puis jeta le trognon par-dessus son épaule.

Elle n'avait pas l'intention de partager avec Matilda.

— Égoïste ! s'écria la sorcière, qui tourna les talons et referma la porte.

Il était peut-être temps pour elle d'être un peu plus égoïste, du moins envers certaines personnes. Elle se dirigea vers le petit bâtiment,

ouvrit la porte et attrapa le bol de bouillon pour
en donner à un petit garçon.

— Tu perds ton temps, ricana Matilda. Ils vont
tous mourir.

Linet haussa les sourcils devant la femme.

— Je vois que cela ne te dérange pas du tout.

— Pourquoi devrais-je m'en soucier ? Ce ne
sont pas mes enfants.

Linet était furieuse de voir l'attitude de cette
femme. Comment pouvait-on confier à une bête
aussi insensible le soin de s'occuper d'enfants ?
Peut-être était-il risqué de poser des questions :
elle savait qui étaient ces gens maintenant, et
ils étaient effectivement dangereux, mais elle
estimait qu'il était préférable d'obtenir autant
d'informations que possible. Si elle parvenait
à s'échapper, il fallait qu'elle sache quoi dire à
Gregor et aux autres.

Ils devaient sauver les enfants.

— Où les ont-ils trouvés ? Y en a-t-il d'autres ?
S'ils étaient dans un orphelinat, ils doivent tous
être malades. Souvent, quand un enfant est
souffrant, les autres le sont aussi. Du moins, c'est
ce que dit maîtresse Brenna. Et où sont Guy et
Dee, ceux avec qui j'ai parlé plus tôt ? Je ne les ai
pas vus à l'intérieur.

Certes, les bachelettes qui s'y trouvaient lui
avaient dit qu'ils étaient partis, mais elle voulait
ouïr ce que Matilda avait à dire à leur sujet. Elle
installa le petit garçon endormi sur sa paillasse et
se leva, lissant ses jupes.

— Je ne sais pas d'où viennent les enfants, mais
je n'ai pas vu Guy et Dee partir, annonça Matilda.

— Où sont-ils allés ?

— Il y a un autre endroit plus proche du port. C'est beaucoup plus grand qu'ici. Je les ai ouïs dire qu'il y avait des problèmes là-bas.

Le ventre de Linet se noua. C'était la confirmation qu'elle craignait.

— Ont-ils l'intention de vendre ces enfants ?

— Comment le saurais-je ? Et pourquoi m'en préoccuperais-je ? À la fin de cette quinzaine, je prendrai ma pièce et je m'en irai. Je ne veux rien savoir. Et je te conseille de faire comme moi. Ces hommes sont sans pitié.

— Ils sont également anglais.

— Oui, mais quelle importance ? Nous sommes en Écosse. Et comme il s'agit des Borderlands, tout peut changer demain. Tu sais que les Écossais et les Anglais se battent pour ces terres. Cependant, tu devrais être prudente, mademoiselle qui se croit meilleure que moi. Tu vas t'attirer des ennuis à poser autant de questions.

Linet n'avait pas besoin de cela. Mais elle ne pouvait pas abandonner. Elle se rappela que Mal était à l'intérieur, et qu'il était la seule personne capable de lui fournir les informations dont les Ramsay avaient besoin.

— Je vais chercher quelque chose à manger. Tu veux quelque chose ?

— Une tarte aux fruits. Dis à la cuisinière que j'en veux une.

Linet était à mi-chemin du bâtiment principal lorsque la porte s'ouvrit ; des gardes sortirent. Deux d'entre eux lui adressèrent des remarques grossières, mais elle les ignora, résolue à poursuivre sa quête. Mal n'était pas parmi eux : il était sans doute resté à l'intérieur.

Elle entra dans la grande salle, attendant que ses yeux s'habituent à l'obscurité avant d'avancer. Mal était assis à la table, il mangeait du porridge et du pain.

— Je te manque déjà, ma douce ?

Il rit, et c'était l'un des pires sons qu'elle avait ouïs depuis longtemps.

— Je suis encore sous le choc que mon propre frère soit impliqué dans une opération aussi effroyable. Comment arrives-tu à dormir la nuit ? lui demanda-t-elle en s'approchant prudemment, veillant à rester hors de sa portée.

— Je dors très bien. C'est tout l'argent que j'ai gagné qui me rend heureux.

— Où sont passés les deux autres hommes ? demanda-t-elle d'un ton aussi désinvolte que possible.

— Ils sont partis chercher le reste de la cargaison dans le grand bâtiment, dit-il en se léchant les doigts après avoir mangé un morceau de pain. Nous sommes sur le point d'expédier le groupe le plus important à ce jour.

Son expression reflétait une fierté malsaine. Linet avait désespérément envie de lui dire ce qu'elle pensait de lui, mais elle s'obligea à se concentrer sur sa finaison : obtenir des informations.

— Et quand les autres arriveront-ils ?

— Dans les prochains jours.

— Où avez-vous trouvé un navire assez grand pour accueillir autant de personnes ?

— Il faudra trois navires. Je gagnerai assez

d'argent pour t'emmener loin, loin du clan Ramsay, des Highlands et de l'épouvantable ciel gris. Il paraît qu'il existe des endroits où le soleil brille presque tous les jours. Il suffit d'un simple voyage en bateau. Ou peut-être nous trouverai-je un logement à Londres. Je n'ai pas encore pris ma décision. Où aimerais-tu vivre, ma chère sœur ?

Elle lui décocha le regard le plus noir dont elle était capable, même si ses muscles étaient tendus, et qu'elle mourait d'envie de le fuir.

— Nulle part avec toi. Où que tu m'emmènes, je trouverai un moyen de m'échapper.

Mal se leva si rapidement de sa chaise qu'elle sursauta. Il la saisit par le poignet et la tira vers la porte.

— Je ne sais pas qui t'a mis en tête que tu pouvais te comporter comme une telle catin, mais je vais te montrer qui commande !

Ils arrivèrent en fin de journée devant l'endroit où Earc avait dit qu'ils trouveraient Linet. Il leva ses mains liées pour attirer leur attention.

— C'est dans une clairière devant nous.

— Et c'est ici que Linet est gardée ? demanda Gregor en l'arrachant à son cheval, lui pointant une dague sous la gorge.

— Elle devrait être à l'intérieur. C'est le seul endroit que je connaisse.

— Je vais vérifier avec mes faucons, dit aussitôt Will. Je reviens tout de suite.

Grand et élancé, Will portait les vêtements

sombres qu'ils privilégiaient tous pour les activités de la bande de cousins. Ses cheveux étaient encore plus foncés. De tous, c'était Will le plus doué pour se déplacer sans se faire repérer. Il avait vécu dans une grotte pendant de nombreuses années, entraînant ses deux faucons à répondre à ses ordres. Ils pouvaient se révéler très efficaces pour effrayer ou surprendre quelqu'un qui préparait des actions peu recommandables.

Ils trouvèrent un endroit où faire boire leurs chevaux. Gregor soupçonna que les bâtiments se trouvaient effectivement à proximité. Chaque résidence avait besoin d'une source d'eau, et ce petit ruisseau leur serait très utile.

— Que sais-tu d'autre ?

Earc haussa les épaules avec un sourire en coin.

— Pas grand-chose. Je ne suis venu qu'une fois. Il y a trois bâtiments. Il n'y en a qu'un seul qui soit assez grand pour accueillir de nombreuses personnes. Dans le bâtiment principal, il y a une grande salle, des cuisines, et une chambre où peuvent dormir environ douze personnes.

Maggie se tourna vers Gregor.

— Cela ne peut pas être le cœur de leurs opérations. C'est trop petit.

— Mais Linet pourrait être ici, n'est-ce pas ?

Le regard plein d'espoir de Merewen rappela à Gregor qu'il n'était pas le seul à avoir un intérêt personnel à retrouver Linet. La bachelette tournait en rond, observant tout ce qui l'entourait, comme si elle était à la recherche de sa meilleure amie.

Soudain, ses yeux s'écarquillèrent.

— Qu'y a-t-il ? s'enquit Gavin, s'approchant

d'elle pour lui frotter le dos. Est-ce que tu vas bien ?

— Elle est là, dit-elle, et son expression passa du doute à l'exaltation.

— Où ? demanda Gregor, son regard balayant les alentours.

— Je ne la vois pas, mais c'est comme je te l'ai déjà dit. Je peux sentir Linet quand elle est proche ; je sais qu'elle est là, insista-t-elle, serrant la main de Gavin. *Elle est ici.*

Gavin se tourna vers les autres.

— Je ne peux pas l'expliquer non plus, mais je peux en témoigner. Si Merewen dit que sa sœur est ici, il faut la croire.

Maggie hocha la tête une fois avec détermination.

— Je me demande si Connor et les autres sont dans les parages.

Will revint ; ses faucons tournoyaient au-dessus de sa tête.

— Il y a de l'activité ici, dit-il, la bouche pincée. Je n'aime pas dire ça, mais j'ai ouï des enfants pleurer. Trois bâtiments, comme il l'a dit, disposés en triangle. Les pleurs proviennent du petit bâtiment le plus éloigné de nous.

— As-tu vu des traces du groupe de Connor ? demanda Maggie.

— Non. Je n'ai aperçu que quelques gardes. Peut-être une demi-douzaine. Mais, à l'arrière, il n'y a que des arbres, et le bâtiment à l'arrière pourrait abriter un grand nombre de personnes.

— As-tu vu Sela ? s'enquit Gavin. La grande blonde nordique ?

Will secoua la tête.

— Trouve Sela, et tu trouveras Connor.

Maggie réfléchit un instant.

— Nous ne pouvons pas prendre le risque de les attaquer. Je ne crois pas que ce soit le siège de leur raisiau ; si nous tuons ceux qui sont ici, nous ne saurons peut-être jamais où sont gardés les autres prisonniers.

— Que proposes-tu ? demanda Gregor, poussant Earc pour qu'il tombe au sol, incapable de bouger rapidement parce qu'il était toujours attaché.

— Nous sommes une douzaine et d'autres gardes Ramsay sont en route. Je pense que Gavin et toi devriez approcher le bâtiment et demander après Linet. Nous surveillerons et assurerons vos arrières. Merewen, je sais que tu voudrais y aller, mais je préférerais t'avoir à mes côtés dans les arbres au cas où quelque chose tournerait mal. Nous ne sommes pas assez nombreux : nous devons compter sur nos archers plutôt que sur le combat rapproché.

— Mais je sais qu'elle est ici, répéta Merewen avec insistance.

Maggie lui tapota le bras.

— Je sais. Mais si Will a ouï des enfants pleurer, nous devons donc nous montrer prudents dans notre approche.

— Je pense que je devrais aller avec Gavin et Gregor, annonça Will. Vous, mesdames, vous pourrez attendre dans les arbres et vous tenir prêtes à décocher des flèches si nécessaire. Les gardes vont rester un peu en retrait, mais nous les laisserons voir qu'ils sont avec nous.

— Je crois que c'est la meilleure façon de faire au vu des circonstances, approuva Maggie. J'espérais trouver les Grant ici.

Gregor attacha Earc à un arbre et veilla ensuite à le bâillonner. Maggie pointa deux arbres cachés derrière une rangée de pins. À cette époque de l'année, il était difficile de se cacher dans des arbres qui avaient perdu leurs feuilles. Une fois Maggie montée dans l'arbre, Will lui demanda :

— Tu vois assez bien ?

Maggie hocha la tête.

— Je vois les trois bâtiments.

Gavin aida également Merewen à trouver une bonne place, et les trois hommes s'engagèrent dans la clairière, se dirigeant vers le bâtiment où se trouvaient les enfants en pleurs. Ils avaient laissé leurs gardes en périphérie, dispersés autour d'eux dans une démonstration de force.

À leur grande surprise, un homme sortit du plus grand bâtiment, traînant derrière lui une femme qui ressemblait à Linet, même si son visage était partiellement caché. Ils ne pouvaient ouïr ses paroles, mais il était clair qu'il hurlait sur la femme. Il leva le bras et la gifla.

Gregor, un homme qui se targuait d'être calme et de maîtriser ses émotions, perdit toute capacité de raisonnement en un instant, et il partit vers eux au pas de course.

Mal était l'homme qui avait frappé Linet.

Et Gregor allait le tuer.

CHAPITRE VINGT

GREGOR LE PRIT par surprise, mais il ne fut pas assez rapide pour empêcher le pendard de siffler bruyamment, appelant ainsi ses hommes à l'action. Au moins une vingtaine d'hommes surgirent de l'arrière du bâtiment, de l'intérieur, et même de la forêt environnante. Lorsqu'il put enfin les voir tous, ils étaient bien plus nombreux que ce à quoi il s'attendait.

Il s'en moquait. Il recula son poing et frappa Mal au visage ; sa tête bascula brusquement en arrière et il tomba à terre.

— Espèce de pendard ! Comment oses-tu toucher à ta propre sœur ?

Mal sourit en se relevant d'un bond, puis il dégaina son épée, et Gregor fit de même.

— Je serai heureux de t'arracher le cœur pendant qu'elle regarde.

Linet recula, les yeux écarquillés, mais elle se mit à pleurer dès que les épées commencèrent à s'entrechoquer. Elle leva les yeux au-dessus d'eux pour regarder les flèches qui passaient et qui atteignaient leur cible.

— Linet, baisse-toi, sinon tu risques d'être touchée, lui cria Gregor.

Les hommes du clan Ramsay étaient de bien meilleurs combattants que les soldats de fortune engagés par le canal. Gavin se plaça à côté de Gregor, tuant rapidement deux des hommes de Mal, un de chaque côté de lui. Will siffla ses oiseaux et ceux-ci descendirent en piqué à plusieurs reprises vers les visages des hommes de Dubh.

Gregor continua à se battre, sa colère le poussant à porter des coups d'épée de plus en plus forts et de plus en plus vite, mais quelque chose le gênait.

Linet.

Ses mains empoignaient ses cheveux et elle se mit à gémir, le regard fixé sur le combat entre son frère et lui. Son agresseur. Elle se mit à tourner en rond, scrutant les corps qui s'effondraient autour d'elle, et son gémissement se transforma en un son étrange qu'il ne comprit pas.

Il se souvint que Merewen avait agi de la même manière après sa première bataille. Mais Linet n'avait-elle pas été témoin de la bataille d'Inverness ?

— Linet ! Ne bouge pas, sinon tu pourrais devenir une cible !

Il balança à nouveau son épée, bloquant un coup destiné à son ventre. Les deux hommes paraient et se battaient, les grognements et les grondements se joignant à la cacophonie de la bataille autour d'eux. Pourtant, Linet continuait à faire les cent pas, comme si elle brûlait de faire quelque chose, mais elle ne savait pas quoi. Bon sang! Il sentait bien que Mal avait été entraîné pour être un garde Ramsay. Il se battait mieux que tous les autres.

Merewen cria à son tour :

— Linet, ne bouge pas ! J'ai peur de te tirer dessus.

— Winnie, c'est toi ? Où es-tu ?

— Ne lui parle pas, sinon les hommes de Dubh sauront où elle se trouve. Elle doit rester cachée.

Il asséna un violent coup sur le côté, faisant tomber l'épée de Mal de ses mains, ne lui laissant plus qu'une petite dague. Les bruits autour d'eux diminuaient, mais il ne pouvait détacher son regard du frère de Linet, sous peine de mourir.

Un nouveau coup, et Gregor fit tomber Mal à terre. Il avait envie de le tuer. Il n'avait jamais eu autant envie de tuer un homme. Mais Linet méritait le droit de porter le coup fatal à son agresseur.

— Linet, prends la dague dans ma botte et plante-la dans son cœur. Il doit payer. Tu mérites d'obtenir justice pour ce qu'il a fait.

Merewen cria depuis les arbres :

— Mal ?

Linet sanglota et secoua la tête. Tuer son propre frère devant leur sœur ?

— Non, s'il te plaît, non. C'est mon frère. Ne le tue pas. Ne pouvons-nous pas l'emprisonner ? Winnie ne sait pas, elle ne comprendra jamais…

Mal se servit de ce moment contre Gregor.

— As-tu oublié que je suis du clan Ramsay ? Je mérite d'être jugé pour mes crimes par le chef des Ramsay, pas par toi. Merewen ! Fais ouïr raison à ce fol ! Il essaie de me tuer !

L'escarmouche était terminée, et les autres se rassemblaient autour de lui, l'air interrogateur. Il n'avait parlé à personne des abus que Mal avait commis sur sa sœur. S'il tuait cet homme maintenant, il y aurait des questions, auxquelles Linet ne voulait pas qu'il réponde.

Merewen s'écria :

— C'est vraiment toi, Mal ? Tu aides les hommes de Dubh ?

Elle ne l'avait pas reconnu depuis son perchoir dans l'arbre.

— Juste pour l'argent, gémit-il. Je serais retourné au clan Ramsay dans une quinzaine de jours, après le départ de la cargaison. Pense à mon père et à ma mère, ajouta-t-il en fixant Gregor du regard. Comment se sentiront-ils si tu me tues ?

Gregor voyait la lueur dans les yeux du pendard. Il savait qu'il essayait de s'attirer la sympathie des autres, mais il ne pouvait pas trahir Linet. Maggie lança un regard perplexe à Gregor.

— Sais-tu quelque chose que nous ignorons ? Il peut se présenter devant l'oncle Quade, Torrian, et mon père. Il paiera pour son implication. Nous pourrons le pendre devant tout le clan pour ses actes si c'est jugement de notre laird.

Gregor leva les yeux vers Linet, qui secouait toujours la tête. Lorsqu'elle croisa son regard, elle s'approcha de lui et toucha la main qui tenait l'épée.

— Gregor, je ne pourrais pas le supporter si tu le tuais parce que…

— Après tout ce qu'il t'a fait ? C'est à cause de lui que tu es ici. Il t'a fait enlever, et que dire de toutes les années qui ont précédé ?

Gregor serrait les dents si fort que c'en était douloureux.

— Il mérite de mourir. Ne me demande pas de le laisser partir.

Merewen les observait tous les deux. Quelque chose passa dans son expression.

— Linet, de quoi parle-t-il ? Que s'est-il passé au cours des années précédentes ? Qu'est-ce que tu ne m'as pas dit ? l'interrogea-t-elle alors que des larmes roulaient sur ses joues.

Linet baissa la voix et approcha ses lèvres de l'oreille de Gregor.

— Je t'en prie, Gregor. Pas ici. Garde mon secret. Laisse-moi un peu plus de temps pour pouvoir le lui raconter.

Gregor jeta un coup d'œil au brigand diabolique qui arborait un large sourire. Il se tourna vers deux des gardes Ramsay et leur ordonna :

— Attachez-le contre l'arbre là-bas.

Ils firent ce qu'il demandait et traînèrent Mal sur le côté de la clairière. Les autres laissèrent Linet et Gregor seuls, mais il ne savait pas quoi lui dire. Alors, il ne dit rien. Il ouvrit les bras pour elle, et elle s'y laissa tomber. Il respira son odeur et se délecta de la douceur de ses courbes tandis qu'elle se laissait aller contre lui, enroulant ses bras autour de son cou et sanglotant si fort qu'il se demandait comment elle pouvait avoir autant de larmes en elle.

Du coin de l'œil, il aperçut quelque chose… Earc.

Quelqu'un l'avait libéré, ou bien il était parvenu à briser ses liens lui-même ; il se précipitait droit sur eux, l'épée brandie au-dessus de sa tête pour tuer.

Gregor repoussa Linet, s'avança devant elle, puis il saisit et lança sa dague, atteignant Earc entre les yeux. Dès que l'homme s'écroula sur le sol, mort, Linet poussa un autre cri qui résonna dans la clairière. Que se passait-il exactement dans son esprit ?

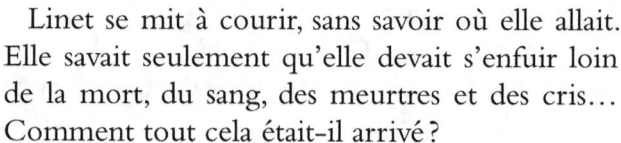

Linet se mit à courir, sans savoir où elle allait. Elle savait seulement qu'elle devait s'enfuir loin de la mort, du sang, des meurtres et des cris… Comment tout cela était-il arrivé ?

Puis, alors qu'elle pensait ne plus pouvoir supporter quoi que ce soit, Merewen l'appela.

— Linet, s'il te plaît, attends ! Tu m'as manqué. Nous devons rester ensemble. Je ne peux pas supporter d'être séparée de toi plus longtemps.

Linet s'arrêta brusquement et se retourna pour faire face à sa chère sœur, puis elle courut pour la serrer dans ses bras. Elle la serra si fort que Merewen dut protester.

— Serre-moi juste un peu moins fort. Je suis encore un peu endolorie depuis la semaine dernière.

Horrifiée, elle la relâcha, mais elle sourit, car Winnie arborait la même expression qu'elle avait toujours adorée. Timide et rieuse à la fois.

— Oh, Winnie ! Je suis tellement heureuse de te revoir !

C'était comme si une pièce manquante en elle lui avait soudainement été rendue, comme si le monde était à nouveau sensé, ou presque. Merewen la prit par le poignet et lui montra un gros rocher.

— S'il te plaît, Linet. Nous avons besoin de temps seules toutes les deux. Je pense que tu as des choses à me raconter.

Elles se trouvaient dans un coin de la clairière, à un endroit d'où elles pouvaient toutes deux voir Mal. Linet décida qu'elle ne voulait pas voir son visage et elle se déplaça pour être dos à lui.

Elle prit sa sœur dans ses bras et l'étreignit plus doucement, veillant à ne pas la blesser.

— J'ai oublié de te féliciter pour ton mariage. Je suis tellement heureuse pour toi ! Gavin et toi êtes parfaits l'un pour l'autre. Je crois que je suis amoureuse de Gregor, mais il n'épousera jamais quelqu'un comme moi, dit-elle finalement, après avoir marqué une pause.

Merewen posa un doigt sur les lèvres de sa sœur.

— Arrête-toi tout de suite. Je veux en discuter avec toi, mais il y a un problème plus urgent pour l'instant. Je dois savoir ce qu'il en est de Mal. Pourquoi Gregor le déteste-t-il à ce point ? Que s'est-il passé que je ne sache pas ?

Linet ferma les yeux et attrapa les mains de sa sœur, les serrant comme s'il s'agissait d'une ligne de vie dans les profondeurs de la mer. Il fallait qu'elle termine ce qu'elle avait commencé la nuit où elle avait été enlevée dans son lit. Elle devait dire la vérité à Merewen. Peut-être cela l'aiderait-il à comprendre les agissements de Gregor.

— Mal a abusé de moi. Cela a commencé quand j'avais douze printemps, et cela a duré longtemps.

— Oh, Linet !

Merewen avait les larmes aux yeux, mais ce n'était pas de la pitié qu'il y avait dans son regard. L'empathie était la compétence la plus puissante que possédait sa sœur.

— Je ne veux pas en parler, mais sache que j'ai raconté la vérité à Gregor quand il m'a sauvée de cet endroit horrible. Il s'est montré si compréhensif que j'ai cru qu'il pouvait être quelqu'un que je pourrais aimer, que toi et moi étions peut-être destinées à épouser des cousins, et non des frères.

— Je suis sincèrement désolée. Mais pourquoi as-tu empêché Gregor de tuer Mal ? Il a abusé de toi, c'est à cause de lui que tu as été enlevée, *et* il est impliqué dans le canal. Il mérite la mort. Je sais que c'est notre frère, mais il n'a jamais été très gentil avec toi, sauf quand il disait de toi que tu étais… Oh, Linet !

— Oui, il disait de moi que j'étais spéciale, n'est-ce pas ?

Les yeux de sa sœur se mirent à brûler de rage.

— Oh ! Je vais tuer cette ordure moi-même. Ne juge pas Gregor s'il fait ce que Mal mérite. Si tu ne veux pas le faire, je serai heureuse de le tuer pour toi.

— Non, laissons les Ramsay décider de son

sort. Je le déteste, mais je ne veux pas être la cause de sa mort. Comprends-tu ?

— Non, je ne comprends pas. Tu n'en serais pas la cause. C'est lui qui a commis ces erreurs, qui…

Merewen jeta un coup d'œil par-dessus l'épaule de Linet en direction d'une bachelette qui semblait s'approcher furtivement de Mal. Le regard de la fille était rivé sur le groupe de guerriers, qui ne prêtaient pas attention à Mal pour le moment.

— Qui est-ce ?

Linet se retourna pour voir.

— Elle s'appelle Elsie. Elle est gentille. C'était l'une des rares servantes du manoir. Elle n'a que douze printemps, et elle a une amie nommée Bess. La pauvre est sans doute effrayée par ce qui s'est passé. Nous devrions aller la rassurer en lui disant qu'il ne lui sera pas fait de mal.

Toutes deux haletèrent, choquées, quand Elsie passa derrière l'arbre. Elle semblait s'efforcer de détacher la brute.

Linet regarda pour voir si Gregor l'avait remarqué, mais les cousins étaient en pleine discussion. Avant qu'elle puisse attirer leur attention sur la situation, elle vit Mal donner à Elsie un long baiser sur la joue.

Non. Non. Non !

Jamais elle ne laisserait Mal pousser une autre bachelette à faire quelque chose qu'elle n'avait pas envie de faire.

Elle ne le laisserait jamais voler l'innocence d'une autre. Elle ne le permettrait pas.

Linet se leva, regarda sa sœur, puis déclara :

— Tu avais raison, et j'avais tort. J'en ai fini d'être un cœur tendre.

Sa voix éclata en un rugissement tandis qu'elle serrait les poings et partait en courant à travers la clairière, se dirigeant tout droit vers Mal.

— Elsie, cours ! Reste loin de lui ! Le plus loin possible !

Elsie, choquée, se releva et courut, n'attendant pas de savoir pourquoi Linet était à ce point en colère.

Lorsque Linet atteignit Mal, elle frappa de ses poings toutes les parties de son corps qu'elle pouvait toucher.

— Je te hais ! Je te hais ! Laisse-la tranquille ! Tu n'as pas le droit de la toucher, de me toucher ! Va-t'en et ne reviens jamais !

Elle lui asséna deux coups de pied, mais alors quelque chose se produisit, qu'elle n'avait pas prévu. Mal l'attrapa, la fit tourner, et la tint devant lui.

Elsie avait réussi à relâcher suffisamment ses entraves pour qu'il se libère.

— Ne me touche plus jamais ! s'exclama-t-il, son haleine fétide dans l'oreille de Linet.

Linet lui mordit l'avant-bras et il hurla.

— Catin !

Ce fut alors qu'il commit sa plus grande erreur.

Il lui donna un coup de poing dans la mâchoire.

CHAPITRE VINGT ET UN

G REGOR HURLA :
— Recule, Linet !

Elle fit ce qu'il disait et se déplaça sur le côté, lui laissant suffisamment d'espace pour agir à sa guise. Mal tendit à nouveau la main vers elle, mais il était trop lent.

Une flèche l'atteignit au torse, et deux autres dans le ventre. Il retomba brusquement, les yeux toujours rivés sur Linet.

Gregor se précipita vers elle, même si elle n'avait pas bougé. Elle restait là, à fixer Mal. Les trois blessures dues aux flèches tueraient ce pendard, mais Gregor voulait qu'elle s'éloigne de lui. Il avait compris l'erreur qu'il avait commise plus tôt et n'avait pas l'intention de la répéter : quoi qu'ait fait cette ordure, Linet ne voulait pas garder le souvenir d'avoir vu la vie quitter les yeux de son frère.

Il était presque sur eux lorsque Mal releva la tête et dit à Linet :

— Ne t'inquiète pas. Je survivrai, et je m'en trouverai une autre.

Linet bondit alors sur lui, elle empoigna la flèche dans sa poitrine et la tordit.

— Non, non, non…

Lorsque Gregor l'entoura de ses bras pour l'éloigner de lui, la lumière avait bel et bien quitté les yeux de Mal, et ils se révulsèrent, fixant d'un regard vide les arbres au-dessus d'eux.

Linet se dégagea des bras de Gregor, s'écarta, puis elle sembla changer d'avis et bondit dans ses bras, se jetant sur lui avec une telle force que ses pieds quittèrent le sol. Elle enfouit son visage dans son épaule, le serra si fort dans ses bras qu'il ne pouvait plus respirer profondément, et se mit à sangloter.

Merewen et Gavin arrivèrent derrière lui.

— Linet, est-ce qu'il t'a fait du mal ?

Elle releva la tête, le visage rougi et strié de larmes, et eut du mal à prononcer sa réponse.

— Non. Je vous remercie de m'avoir protégée. Tu lui as décoché trois flèches, Gregor. Trois ! Et il n'était toujours pas mort ! Cela montre bien à quel point c'était un homme mauvais.

— Je n'ai pas tiré trois flèches, réfuta Gregor, repoussant des mèches sauvages de son beau visage. J'en ai décoché une.

Il adressa un regard à son cousin, se demandant qui avait tiré les deux autres.

— Je l'ai touché une fois, confia Gavin.

Merewen serra l'épaule de sa sœur.

— Je l'ai touché une fois aussi. Linet, il méritait de mourir. Son cœur diabolique avait pris le dessus. Tu ne devrais pas te sentir mal. Ce n'est pas mon cas.

Linet s'écarta de Gregor pour reposer les pieds sur le sol, puis elle regarda tous les gens autour d'eux. L'expression de la bachelette donnait envie à Gregor de l'emmener loin, très loin de là. Peut-être était-ce exactement ce dont elle avait besoin.

Un autre garde cria, et Maggie les rejoignit en courant.

— Une autre vingtaine de gardes Ramsay sera bientôt là, mais il y a aussi un groupe de chevaux non identifiés en approche. Ce pourraient être d'autres hommes de Dubh, ou bien les Grant. Impossible de le dire. J'ai envoyé deux gardes pour découvrir de qui il s'agit.

Will s'approcha à son tour et dit :

— Je viens d'avoir une conversation intéressante avec l'un des gardes du canal.

— Comment l'as-tu convaincu de parler ? s'enquit Gavin.

— Mon pèlerin s'est assis sur sa poitrine pendant un moment. C'est étonnant de voir à quelle vitesse ils se mettent à parler quand ils contemplent le bec d'un faucon, raconta-t-il, l'air satisfait.

— Finis de nous raconter ton histoire, mon mari, exigea Maggie avec un sourire en coin.

— Deux hommes dirigent le canal, et ils sont partis il y a un moment pour un bâtiment plus grand, où ils détiennent davantage de bachelettes. Près du port et non loin du château. Le départ de la cargaison est prévu dans une quinzaine de jours. Ou plutôt, des cargaisons, devrais-je dire. Il y en a beaucoup d'autres à venir, et il y aura au moins trois navires. Apparemment, les deux hommes ont des relations, car ils se servent du château de Berwick pour leur usage personnel, même s'ils n'ont pas l'audace d'y garder des prisonniers.

— Intéressant…, dit Maggie.

— Mais, ce n'est pas tout. Ils sont partis parce qu'il y a du grabuge dans l'autre enceinte.

Le visage de Gregor s'illumina.

— Connor et nos cousins Grant.

— C'est fort possible, confirma Will.

— Je dirais que c'est probable, intervint Gavin, qui jeta ensuite un regard à Gregor et inclina la tête vers Linet.

Elle se tenait debout, la tête sur l'épaule de Gregor, le regard fixé sur le carnage au sol.

— Pourquoi n'emmènerais-tu pas Linet loin d'ici? murmura Maggie. Avec les autres gardes, nous pouvons nous occuper de tout.

Gregor jeta un regard à Linet pour juger de sa réaction, et, à sa grande surprise, elle hocha rapidement la tête et murmura :

— S'il te plaît.

Dans ses yeux, il vit qu'elle commençait enfin à guérir, et il prit cela comme une promesse d'un avenir qu'il souhaitait désespérément avec elle.

— Allez sur les terres Drummond, suggéra Maggie. J'allais leur envoyer un messager pour demander de l'aide. Je crois que nous ne pourrons pas gérer tout cela seuls. Dis à Daniel et David que nous avons besoin d'eux, et demandez-leur d'envoyer une vingtaine de gardes Drummond, et tout ce qu'ils pourront en plus.

Merewen se précipita dans le bâtiment principal tandis que Linet montrait le plus petit en disant :

— Les enfants qui s'y trouvent sont malades. Vous promettez de les protéger ? Vous avez raison, je ne peux plus supporter ce chaos. S'il te plaît, Gregor, tu veux bien m'emmener une journée loin de tout cela ? Ensuite, nous reviendrons pour aider.

Maggie prit sa main et la serra.

— Nous allons prendre soin des enfants. J'ai déjà renvoyé Matilda. C'était une méchante femme, n'est-ce pas ?

Linet acquiesça.

— Oui, tu as raison. Je suis contente qu'elle soit partie.

Merewen revint avec un sac et dit :

— Tiens, cela ressemblait à tes affaires. Va sur les terres Drummond. On dit que c'est magnifique.

Les deux sœurs s'étreignirent.

— Je t'aime, Winnie.

Gavin leur ramena Silver, monté par Nari.

— Et moi, alors ?

— Nous avons encore besoin de toi ici, Nari, lui dit Maggie. Si tu veux bien rester pour nous aider.

— Oui ! s'exclama-t-il en se redressant, puis il sauta au bas de la monture. J'ai hâte de raconter à Thorn tout ce que j'ai fait pour aider.

Gregor hissa Linet sur son cheval, puis il attacha sa sacoche à la selle et monta à son tour. Maggie leva la main et dit :

— Bon travail. Nous avons sauvé un autre groupe de bachelettes et de garçons. Partez avant que d'autres hommes n'arrivent.

Elle donna une tape sur le flanc du cheval, et ils s'en allèrent.

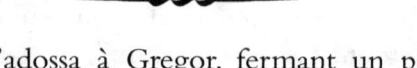

Linet s'adossa à Gregor, fermant un peu les yeux parce qu'elle avait tellement pleuré qu'ils étaient douloureux. Elle ne pouvait plus verser de larmes.

Certaines étaient dues aux atrocités dont elle avait été témoin : des hommes morts, des enfants malades, des hommes de Dubh. Mais d'autres étaient des larmes de reconnaissance, des larmes de joie.

Elle était vraiment libre. Mal ne l'importunerait plus jamais. Elle appuya la tête contre l'épaule de Gregor, fixant l'obscurité des forêts et des vallons qu'ils traversaient. Une chose était sûre : en dépit de tout ce qu'elle avait vu et fait, malgré tout ce qu'on lui avait fait subir, elle n'éprouvait plus aucune peur à cet instant.

Pourquoi ? Parce qu'elle savait que Gregor la protégerait.

Maintenant qu'elle était loin du chaos, elle se concentra sur l'homme qui la serrait contre lui. Elle lui faisait plus confiance qu'à n'importe quel homme. C'était une chose qu'elle ne pouvait ignorer.

Il lui frotta l'avant-bras et l'embrassa sur la nuque.

— Ma douce, je crois que nous allons devoir nous arrêter pour la nuit. Je ne connais pas cette terre aussi bien que la mienne. Je vais tendre l'oreille en quête d'un cours d'eau et chercher un endroit caché du chemin principal.

Un peu plus tard, ils ouïrent le bruit de l'eau qui coulait. Ils ne voyaient pas les chutes, mais ils les suivirent à l'oreille. Une légère couche de neige était tombée, et la lune se reflétait sur le blanc du sol, éclairant leur chemin.

— Tu ne crains pas que nous soyons suivis, n'est-ce pas, Gregor ?

— Non, dit-il en faisant tourner leur cheval vers la chute d'eau. Personne par ici ne s'intéresse à nous. De plus, si la cargaison qui doit partir d'ici deux semaines est aussi importante qu'ils le prétendent, tous les pillards et renégats d'Écosse et d'Angleterre vont se retrouver à South Berwick pour gagner de l'argent.

Le bruit s'amplifiait à mesure qu'ils approchaient de la cascade. Lorsqu'elle l'aperçut enfin, Linet sourit. C'était la plus belle cascade qu'elle ait jamais vue. Elle était deux fois plus haute qu'un homme et l'eau tombait dans un petit bassin à sa base, où poussait une rangée de petits pins, comme s'ils avaient été plantés là pour se protéger du vent froid des Highlands.

Gregor descendit de cheval.

— Laisse-moi vérifier les environs. Je crois que je vois une grotte derrière la cascade.

Linet soupira. Cela semblait charmant. Au cours des vingt premiers printemps de sa vie, elle s'était rarement éloignée des terres Ramsay. Mais au cours de la dernière lune, elle avait vu bien plus de choses que n'importe lequel de ses amis du clan. Inverness, Edinburgh, South Berwick, et maintenant, ils étaient en route pour les terres Drummond à Crieff.

Gregor revint et posa les mains sur sa taille pour l'aider à descendre.

— Nous avons de la chance. Cette grotte n'est pas aussi grande que la précédente, mais elle nous protégera des éléments. Elle est assez profonde pour que nous ne soyons pas mouillés par la cascade.

Après l'avoir aidée à descendre, il attrapa le sac de Linet, puis sa propre sacoche, et lui prit la main pour la conduire jusqu'à la grotte.

Elle rit lorsque l'eau froide l'éclaboussa un peu à l'entrée de la grotte, mais cela la rafraîchit suffisamment pour qu'elle s'enhardisse à faire un pas en avant. Une fois à l'intérieur, elle ouvrit son sac pour voir ce que Winnie avait pris pour elle, surprise de voir à quel point sa chère sœur avait été minutieuse. Elle avait préparé une robe supplémentaire, des jambières en laine, un carré de lin de bonne taille, ainsi qu'une miche de pain et du fromage.

— Ce pain sort tout juste du four. La cuisinière venait sans doute de le faire.

— Ces hommes ne profiteront plus de sa cuisine. Je suis content que ta sœur l'ait mis dans ton sac.

— Merewen a dû trouver ma petite cachette. Ce morceau de savon était à côté de ma couche.

Gregor sourit.

— Lavande, dit-il en se penchant pour respirer l'arôme.

Son regard s'arrêta sur quelque chose d'autre à

l'intérieur du sac. Gregor passa la main dedans et lui demanda :

— Puis-je ?

Linet hocha la tête ; elle était prête à tout partager avec cet homme.

— Oui, qu'est-ce que c'est ?

Il sortit le cadeau qu'il lui avait fait tant d'années plus tôt.

— Tu l'as gardé ?

— Bien sûr,

Gregor passa la main sur les fines veines du bois qu'il avait poncées pour leur donner un éclat doux. Il lui embrassa la joue.

— Je vais devoir te trouver un autre livre.

— Mes excuses, Gregor, mais mon père a détruit celui que tu m'avais offert.

— Ne crains rien. Je t'en procurerai beaucoup d'autres, et tu n'auras plus jamais à cacher ton amour de la lecture.

Elle l'embrassa sur les lèvres, passant ses doigts dans ses épaisses mèches ondulées, se demandant comment elle avait pu avoir la chance de trouver cet homme. Elle tourna son regard vers l'eau qui tombait sur l'affleurement, à un angle parfait pour qu'elle puisse se laver les cheveux et le corps. Elle aurait aimé être en été pour pouvoir se mettre sous l'eau, en savourer la fraîcheur et se sentir propre.

Après tout ce qu'elle avait vécu ces derniers temps, elle ne pouvait s'empêcher de se sentir sale.

Gregor passa son bras autour de sa taille et enfouit son nez dans son cou.

— Si je fais un feu dans le coin et que je pars à la chasse pour que tu puisses avoir de l'intimité, le feras-tu ?

Elle se retourna, un grand sourire aux lèvres, parce qu'il avait su exactement ce qu'elle pensait.

— Comment as-tu… ?

— Ton air d'envie quand tu contemplais l'eau, tout en serrant fermement le savon dans ta main. Je te promets de ne pas regarder si tu veux te laver. L'eau est sans doute trop froide pour que tu veuilles rester dessous trop longtemps. Je pourrais même faire un plongeon quand tu auras terminé. Si j'arrive à faire du feu, ce sera un luxe dont nous devrons profiter. La hauteur est idéale pour nous deux.

Linet le laissa voir à quel point elle en avait envie. Pendant trop longtemps, elle avait caché ce qu'elle ressentait, mais c'était une chose qu'elle ne voulait pas faire avec Gregor.

— J'aimerais bien essayer, mais seulement si tu peux faire du feu.

Gregor lui donna un rapide baiser sur les lèvres.

— Je vais aller chercher du bois et des branchages.

Peu de temps après, il revint et alluma le feu à l'autre bout de la grotte, au bord de la chute d'eau. L'eau ne touchait pas cet endroit, et elle espéra qu'il resterait allumé.

— Je vais voir ce que je peux trouver d'autre à manger, annonça Gregor.

Linet posa les mains sur ses hanches, observant la cascade non loin d'elle. Elle devait savoir. Que ressentirait-elle entre les bras de Gregor ? Quel effet cela lui ferait-il de sentir sa peau contre la sienne, sa chaleur contre sa chair, ses lèvres sur son corps.

— Qu'y a-t-il ? lui demanda-t-il.

Elle passa les mains derrière ses cheveux et tira les liens, dénouant ses tresses sombres, les laissant retomber sur ses épaules. Puis elle retira sa robe et la jeta sur le côté : elle ne portait plus que sa chemise et ses bas de laine.

Elle se tourna vers Gregor, les mains croisées devant elle en guise d'invitation.

— Joins-toi à moi, Gregor.

Son expression lui indiqua qu'elle l'avait choqué plus qu'elle ne l'aurait cru.

CHAPITRE VINGT-DEUX

L INET TREMBLAIT, MAIS elle ne changerait
pas d'avis. *Pas maintenant*. Si elle devait être
avec un homme, ce serait avec celui-ci. Gregor
représentait tout ce qu'il y avait de bon dans
la vie : il était honorable, travailleur, honnête,
compatissant, tendre et intelligent. Et le fait
qu'il soit le plus bel homme qu'elle ait jamais
rencontré ajoutait à tout cela.

Ses yeux bruns chaleureux avaient la capacité
de réduire son esprit en bouillie chaque fois qu'il
la regardait. L'estime qu'elle lui avait toujours
portée s'était-elle muée en amour ? Était-ce à
cela que ressemblait l'amour ?

Elle l'ignorait, mais après avoir failli perdre la
vie, elle ne voulait pas attendre pour le savoir.

Elle s'approcha suffisamment pour toucher
son visage, faisant glisser ses doigts sur sa barbe
rugueuse.

— Gregor, je te veux, et j'espère que tu
veux être avec moi. Nous nous connaissons
depuis longtemps, et mes sentiments pour toi
se renforcent chaque fois que nous sommes

ensemble. Je suis en train de tomber amoureuse de toi.

Il soupira et ferma les yeux, abaissant la tête pour que son front touche celui de Linet.

— Tu ne sais pas à quel point tu es tentante à mes yeux, ma jolie. Mais je ne peux pas coucher avec toi alors que nous ne sommes pas mariés. Je souhaite poursuivre notre relation, mais ce ne serait pas bien. Mon père m'a appris à respecter les femmes.

— Je ne suis pas vierge. Tu connais mon passé. Aucun homme ne voudra de moi, dit-elle alors qu'une larme glissait sur sa joue. Il est peu probable que je me marie un jour, mais je ne veux pas vivre ma vie sans savoir ce qu'elle pourrait être… avec toi. Je veux savoir ce que c'est avec quelqu'un que j'aime.

Linet posa les lèvres sur les siennes, lui tint la main, et un grognement sourd s'échappa du creux de la gorge de Gregor. Il prit son visage entre ses mains et l'embrassa profondément, avec révérence. Elle s'émerveilla de sa douceur, même si son baiser se faisait plus pressant, plus exigeant. Lorsqu'elle entrouvrit les lèvres, la langue de Gregor pénétra dans sa bouche, déclenchant des fourmillements dans tout son corps, jusqu'à ce que ses mamelons se tendent contre la chemise qu'elle portait.

Mettant fin au baiser, il lui dit :

— Je t'aime, Linet, et je me fiche de ton passé. Tu viens à la cascade avec moi ?

Elle sourit et lui répondit avec des gestes : elle souleva sa chemise et retira ses bas de laine.

— Tu devras me tenir chaud.

Ses yeux se posèrent partout sur elle, descendirent jusqu'à ses seins et en dessous, avec une faim dans le regard qui lui plaisait parce qu'elle savait qu'elle l'avait provoquée. S'il la regardait toujours ainsi, elle serait une femme chanceuse. Une partie d'elle aurait voulu s'enfuir et se cacher, mais la confiance et l'amour qu'elle lisait dans son regard lui permettaient de ne pas céder à la peur. Gregor l'aimait comme elle l'aimait, et ce serait une expérience merveilleuse entre eux. Il lui avait dit qu'il n'était pas très expérimenté, et elle ne l'était pas non plus ; ils pourraient apprendre ensemble.

Elle se jura de lui faire totalement confiance.

— Mon amour, je ne peux toujours pas faire ça sans qu'il y ait quelque chose de plus formel entre nous.

— Formel ? Que veux-tu dire ?

— Engage-toi avec moi. Je connais d'autres membres de ma famille qui l'ont fait, même si ce n'est pas courant. Promets-moi que si nous nous entendons toujours, tu m'épouseras dans un an et un jour. Si nous ne nous convenons pas, nous partirons chacun de notre côté.

Elle devait y réfléchir. Elle s'approcha, tendit la main pour le toucher, essayant de reproduire la tendresse qu'il lui avait témoignée. Son doigt suivit le chemin de l'os sous son menton jusqu'à son mamelon, puis jusqu'aux poils drus de sa poitrine, hésitant un peu avant de descendre sa main jusqu'à son ventre et… eh bien, elle n'avait pas besoin de se demander si Gregor la désirait ou non.

Elle avait cru qu'elle ne se marierait jamais. Voir la tristesse de sa mère, la cruauté de son frère, l'avait rendue amère à l'idée même. Mais Gregor était un homme tout à fait différent.

— Gregor, je ne suis pas sûre de pouvoir me marier un jour, dit-elle, décidant qu'il méritait son honnêteté. Je ne connais rien aux relations normales.

Il déposa une ligne de baisers sur sa mâchoire, et elle se mit sur la pointe des pieds tant cela l'excitait.

— Je te jure de te laisser partir si c'est ce que tu veux à ce moment-là, lui dit-il, puis, s'éloignant, il lui souleva le menton pour que leurs regards se croisent. Nous ne pouvons pas avoir de relation physique sans nous être engagés. Ce sont mes conditions.

— J'accepte, murmura-t-elle, s'approchant de lui pour sceller leur accord d'un baiser.

— Je ne sais pas comment le faire formellement, si ce n'est en disant que je m'engage envers toi pour un an et un jour, après quoi j'accepte de te libérer si c'est ce que tu veux.

S'il était possible de voir l'amour dans un simple regard, elle savait exactement à quoi il ressemblerait. Gregor la contemplait avec tant d'admiration et de respect, comment ne pas souhaiter voir ce que serait la vie avec lui ?

— Je m'engage envers toi pour un an et un jour, et je te libérerai si c'est ce que tu veux, murmura-t-elle alors que leurs visages se touchaient presque. Jusqu'à ce jour, je te considérerai comme mon mari.

— Et je te considérerai comme ma femme.

Ils s'embrassèrent à nouveau pour sceller leur accord, puis il porta la main à sa broche et laissa tomber son plaid avant de retirer sa tunique, ses bottes et ses bas. Il lui offrit son bras.

— Es-tu prête, mon épouse ?

Linet rit en oyant ce mot ; sa nervosité prenait un peu le dessus.

— Oui, je suis prête. Pourrions-nous entrer dans notre jolie baignote ? s'enquit-elle, tendant la main vers le bassin au pied des chutes. Toi d'abord.

Il rit et la précéda.

— Je vais entrer en premier, juste pour m'assurer qu'il y a bien un fond, et qu'il n'y a pas de créatures dans le bassin.

Elle se tint sur le côté pour l'observer, se délectant de sa magnifique silhouette. Ses muscles ondulaient à chaque pas, même lorsqu'il s'arrêta sous les chutes pour renverser la tête en arrière et se laver les cheveux avant de la ramener en avant, projetant des gouttelettes d'eau sur elle.

Elle tressaillit et poussa un petit cri.

— C'est froid !

— Non, ce n'est pas si terrible, dit-il juste avant de plonger son corps dans le bassin au pied de la cascade.

L'eau se déversait d'une couche de rochers à l'une des extrémités du petit bassin, pour tomber dans le ruisseau. Gregor fit le tour du bassin en nageant, puis il revint et tendit la main à Linet.

— Viens, tu toucheras le fond sans mal. Tu seras

surprise, mais l'eau est chaude. Il doit y avoir une source quelque part.

Linet mit sa main dans celle de Gregor et entra prudemment dans l'eau, car elle ne voulait pas s'immerger aussi rapidement qu'il l'avait fait. La morsure de l'eau froide la fit grimacer, mais elle s'habitua rapidement à la température.

— Tu as raison, affirma-t-elle en s'avançant vers lui, poussant un autre petit cri quand elle plongea ses épaules dans l'eau fraîche. J'ai apporté mon savon.

Elle tendit la main pour le lui montrer.

— Puis-je?

Elle le lui offrit sans hésiter, mais, à sa grande surprise, il le fit mousser et s'en servit sur les épaules de Linet, puis il la souleva hors de l'eau et lui lava le dos. Elle ne put s'empêcher de gémir sous ses attentions, savourant la tiédeur de l'eau, de la sensation merveilleuse d'être propre et de l'aide patiente qu'il lui apportait dans ses efforts pour se laver.

Que pouvait-elle demander de plus?

— Gregor, tes attentions sont merveilleuses.

Elle renversa la tête en arrière et l'appuya sur son épaule, profitant de ses gestes.

— Puis-je laver l'avant de ton corps? Me permets-tu de toucher tes seins?

Ravie du respect qu'il lui témoignait et de l'excitation qui la traversait, elle se retourna pour l'embrasser rapidement.

— Oui. Et je te remercie de m'avoir demandé.

Son sourire était timide, et elle devina qu'il était aussi nerveux qu'elle à l'idée de s'unir. Elle reposa sa tête sur l'épaule de Gregor. Il se savonna à nouveau les mains, puis il la lava, ses seins sortant à peine de l'eau. Il la massa soigneusement et méthodiquement, n'oubliant aucune partie, et soulevant chaque sein pour en laver le dessous. Des picotements parcoururent la poitrine de Linet.

— Tu aimes ça ?

— Mmmh… oui, beaucoup. Continue à me laver.

Elle ferma les yeux, espérant que son excitation l'emporterait sur sa peur. Gregor méritait d'avoir une femme consentante, et elle voulait profiter de ce lien avec l'homme qu'elle aimait. Plus ils passaient de temps ensemble, plus elle lui faisait confiance.

Il fit ce qu'elle lui demandait et continua à la laver jusqu'à ce qu'elle devienne folle d'un désir qu'elle ne comprenait pas. Elle le regarda droit dans les yeux.

— Maintenant ?

— Je te suis dehors. Va te réchauffer au coin du feu.

Elle jeta un coup d'œil par-dessus son épaule et remarqua qu'il se lavait. S'obligeant à cesser de contempler son corps très musclé, elle se blottit près du feu pour se sécher.

La voix de Gregor lui parvint par-dessus le bruit de l'eau.

— As-tu changé d'avis ? C'est à toi de choisir. Si tu veux attendre, nous pouvons le faire.

Elle mordilla sa lèvre inférieure, réfléchissant à sa réponse, mais elle savait, toute inquiétude mise à part, quelle serait sa réponse. Il était temps pour Linet de vivre sa vie comme elle l'entendait, et ce qu'elle voulait, c'était s'allonger dans les bras de Gregor Ramsay.

Gregor sortit du bassin parce qu'il voulait voir le visage de Linet.

— En as-tu envie autant que moi ? lui demanda-t-il, car il avait besoin de savoir.

— Oui, je te veux, Gregor. Je veux que tu sois mon mari, mon ami, mon protecteur et mon confident. Peu importe lequel tu es, c'est toi que je veux, pour toujours.

Il posa ses lèvres sur celles de Linet, essayant de lui faire comprendre à quel point il l'aimait. Il n'était pas très sûr de sa capacité à lui procurer du plaisir, puisqu'il avait très peu d'expérience, mais il ferait de son mieux pour lui faire comprendre ce qu'il ressentait par ses gestes. Sa passion prit le dessus et il la dévora, inclinant sa bouche sur la sienne pour pouvoir la goûter.

À sa grande surprise, Linet répondit avec une passion puissante qui alimenta son désir. Il mit fin au baiser et lui prit la main, la conduisant à l'endroit de la grotte où il avait étalé plaids et fourrures. Ils s'installèrent tous les deux sur le côté, face à face.

Il décida que le moment était venu de se confesser.

— C'est nouveau pour moi… au cas où je ne serais pas très doué.

Linet sourit, et elle posa la main sur sa joue.

— Ne te méprends pas, Gregor. C'est aussi nouveau pour toi que pour moi. Il s'agit pour nous de nous montrer l'amour que nous éprouvons l'un pour l'autre, ce que je n'ai jamais fait avant.

Elle avait mis des mots sur les pensées de Gregor ; cela ne fit que renforcer sa conviction qu'ils étaient parfaits l'un pour l'autre. Il l'embrassa à nouveau, puis il abaissa sa bouche sur son sein, prenant son temps pour taquiner son mamelon jusqu'à ce qu'il se dresse ; il le suçota jusqu'à ce qu'elle crie. Sa main s'agrippait à son bras, ses ongles s'enfonçant dans sa peau chaque fois qu'il faisait quelque chose qu'elle aimait. Ne sachant que faire d'autre, il la fit basculer sur le dos, s'installa entre ses cuisses et murmura :

— Tu veux bien me guider ?

Elle le prit dans sa main et taquina son intimité, jusqu'à ce qu'il ait l'impression qu'il allait se soulager sur-le-champ.

— Plus…

Écartant les jambes, elle le guida en elle, et il crut qu'il ne pouvait pas aller plus loin. Mais, dès qu'il commença à bouger, elle ouvrit plus grand les cuisses et lui offrit un meilleur accès.

Elle lui chuchota deux mots, et il fut heureux de la satisfaire.

— Plus vite.

S'appuyant sur ses coudes, Gregor embrassa Linet dans le cou tout en trouvant son rythme. Elle éprouvait un désir similaire au sien, ils respiraient tous deux difficilement. Il changea de position afin de la satisfaire, et il suivit son rythme, s'enfonçant en elle avec tant d'ardeur qu'il crut qu'il allait lui faire mal.

— S'il te plaît, plus fort !

Il fit ce qu'elle lui demandait jusqu'à ce qu'il manque de se répandre en elle, mais il parvint à se contrôler jusqu'à ce qu'elle ait le souffle coupé, encore et encore, et qu'elle bascule finalement dans le vide, en criant son nom. Il la suivit, se précipitant à son tour dans son propre gouffre de plaisir, quelque chose de tout à fait nouveau pour lui.

Quand ils eurent fini, il ne pouvait plus bouger, tant il était bouleversé par leur amour. Il ne pouvait plus rien faire d'autre que de la regarder dans les yeux.

— Je t'aime, Gregor.

Les yeux de Linet s'embuèrent, et il embrassa ses larmes, lentement, tendrement.

— Ce n'est pas le moment de pleurer, mais de se réjouir de nous être retrouvés. Je t'aime plus que je l'aurais cru possible, et je suis certain que ce sera pour toujours, pas juste un an et un jour.

CHAPITRE VINGT-TROIS

ILS ARRIVÈRENT AU château de Drummond alors que le soleil était au zénith. Linet devait admettre qu'elle avait l'impression de rayonner, et c'était grâce à Gregor Ramsay. Sa tendresse et sa nature aimante lui avaient donné le sourire et avaient fait naître un sentiment de chaleur au creux de son ventre.

Gregor salua les hommes qui étaient venus les accueillir : il les présenta à Linet comme Daniel et l'oncle Micheil. Il lui avait parlé de ses deux cousins et de la main manquante de Daniel.

— Je suppose qu'il y a une bonne raison à ta présence ici, demanda ce dernier, inclinant la tête sur le côté.

— Oui, nous en parlerons à l'intérieur. David est-il présent ?

— Oui, nous sommes tous là. Nous avions hâte de connaître les progrès du groupe. Après la bataille d'Inverness, j'étais impatient de participer aux efforts de tous, mais aux dernières nouvelles, vous étiez tous de retour sur les terres Ramsay.

Le château de Drummond était magnifique. Les cottages situés à l'extérieur de la cour étaient alignés en rangs bien ordonnés et de nombreux membres du clan sortirent pour les accueillir. Mais c'était l'enceinte du château elle-même qui impressionna le plus Linet. Les buissons étaient soigneusement taillés, plantés en groupes bien définis, ce qu'elle n'avait jamais vu auparavant. Un grand pin entouré de petits buissons trônait dans chaque coin de la cour, et des arbres dans de grands pots décoraient les deux côtés de l'entrée.

La verdure, même en hiver, rendait le château plus chaleureux, plus attrayant.

Une fois à l'intérieur, une pétillante bachelette rousse se précipita pour les accueillir, suivie d'une belle femme brune qu'elle devina être la tante Diana de Gregor. Elle se comportait comme un laird.

— Bonjour, dit la rousse, je m'appelle Constance, je suis la femme de Daniel. Tu dois être Linet. J'étais avec ta sœur à Inverness. Nous t'avons cherchée partout. C'est un plaisir de te rencontrer enfin.

Constance plut tout de suite à Linet. Le reste des présentations fut flou : Anna, David, lady Drummond et deux autres personnes dont elle ne se souvenait pas.

Lady Drummond dit :

— Venez vous asseoir près de l'âtre où vous pourrez vous réchauffer. Je vais me rendre aux cuisines pour que l'on vous prépare quelque chose. Gregor, manges-tu autant que Gavin ? Si mes souvenirs sont bons, ce n'est pas le cas, mais je t'apporterai autant de nourriture que tu le voudras.

Dans un geste protecteur, Gregor se rapprocha de Linet et répondit :

— Un repas léger, ce sera bien. Nous avons beaucoup de choses à vous raconter.

Quand ils furent tous installés autour de la table, Daniel regarda Gregor droit dans les yeux et lui demanda :

— Sommes-nous plus près de notre finaison ?

— Oui, répondit Gregor. Maggie m'a chargé de vous envoyer, David et toi, auprès d'elle, ainsi que des gardes, si c'est possible.

Linet intervint :

— Pendant que j'étais détenue par le canal, j'ai découvert plusieurs choses. Le groupe principal et l'endroit où ils détiennent leurs prisonniers se trouvent à South Berwick, et leur plus grand bâtiment est situé à proximité des docks.

Daniel siffla.

— Cela leur donne accès à la mer. Nous devons les arrêter.

— L'un des responsables du groupe m'a également dit que la plus grosse cargaison jamais expédiée allait bientôt partir, qu'elle nécessiterait trois navires et que les hommes aux commandes paieraient n'importe quoi pour la faire partir. Il affirmait que les Ramsay n'étaient plus une menace, car lui et Earc connaissaient tout ce qu'il y avait à savoir sur leurs guerriers. Si l'on en croit les vantardises de cet homme, le canal compte bien plus d'hommes que le clan Ramsay.

Diana haleta.

— Plus que le clan Ramsay ? C'est plus d'hommes qu'aucun de nos clans ne possède !

Linet aurait pu être effrayée de l'ouïr dire cela, mais Gregor et elle avaient déjà discuté de ce qui allait se passer.

— À l'exception du clan Grant, remarqua-t-il. Ils ont près de sept cents guerriers. L'oncle Alex ne les enverrait jamais tous, mais Maggie espère retrouver Connor pour qu'il envoie une demande à la maison portant sur au moins deux cents guerriers Grant, les meilleurs d'entre eux. Nous prévoyons de retourner sur les terres Ramsay pour voir ce qu'ils ont ouï de la part des Grant, si tant est qu'il y ait quelque chose. Maggie doit rassembler autant de gardes que possible près de South Berwick.

— Les deux lairds et Connor sont les meilleurs, dit David. Peut-être Loki.

— Plus Braden et Roddy. Ils sont déjà à South Berwick avec Connor.

— Micheil et moi allons discuter avec les gardes et choisir nos meilleurs hommes, intervint Diana. Et j'enverrai également quelqu'un chez la tante Avelina.

— Je suis sûr qu'ils apprécieront, dit Gregor.

L'oncle Micheil secoua la tête.

— Si ces hommes du canal de Dubh pensent qu'ils n'auront à affronter que les guerriers Ramsay, ils n'ont aucune idée de ce qui les attend. Non seulement il y aura les gardes Ramsay, mais aussi les Drummond, les Menzie, et, bientôt, les Cameron et les Grant.

— Tu as oublié quelque chose d'important, oncle Micheil, dit Daniel.

— Oh? répondit-il, haussant les sourcils.

Linet commençait à comprendre que cette famille se taquinait sans cesse, avec beaucoup de tendresse.

Un grand sourire illumina le visage de Gregor.

— Je crois savoir où tu veux en venir, Daniel. Le canal de Dubh est sur le point de rencontrer toute la bande de cousins d'un seul coup.

ÉPILOGUE

LINET ET GREGOR revinrent sur les terres Ramsay le lendemain. Il restait cinq jours avant le départ de la cargaison. Gregor était de plus en plus inquiet à l'idée de ne pas pouvoir revenir à temps pour aider ses cousins.

Linet avait peur pour lui, mais elle savait qu'il ne se pardonnerait jamais s'il ne saisissait pas l'occasion d'aider ses cousins à détruire le canal de Dubh pour de bon. Elle le pressait de repartir, mais il insistait pour la présenter au clan comme sa promise. Au début, elle avait pensé ne pas raconter la vérité sur Mal à ses parents ou à qui que ce soit, mais Gregor avait insisté.

— Ce n'est pas le moment de t'apitoyer sur le sort de ton frère. Il est temps de remettre les choses en ordre. Tes parents méritent de savoir pourquoi tu avais choisi de ne pas revenir. Ils ne devraient pas pleurer ton frère comme si c'était un héros.

— Je vais leur parler, le rassura-t-elle, se tordant les mains entre les plis de sa jupe, faisant de son mieux pour masquer sa nervosité.

Gregor lui prit les mains et déclara :

— Je vais venir avec toi.

— Tu n'as pas à faire cela, Gregor. Ça ira pour moi.

Mais, alors même qu'elle prononçait ces mots, elle doutait de leur véracité. Comment pourrait-elle avouer à ses parents qu'elle avait tordu la flèche dans le cœur diabolique de Mal jusqu'à ce qu'il rende son dernier souffle ?

— Tu as raison. Je ne suis pas obligé de le faire, mais j'aimerais. Viens, allons leur parler maintenant. Tu craindras ce moment jusqu'à ce que tu l'aies fait.

Et son cœur se gonfla un peu plus d'amour pour Gregor Ramsay. Elle hocha la tête et ils se dirigèrent vers les huttes. Ils cheminèrent en silence : Linet se concentrait sur ce qu'elle allait dire. Elle était si bouleversée qu'elle ne se souvenait même pas d'être entrée et de s'être assise à la table, quand ses parents les saluèrent tous les deux.

— Maman, nous avons de mauvaises nouvelles pour vous, murmura-t-elle.

Gregor se tenait derrière elle, les mains posées sur ses épaules pour la soutenir.

— Mal…

Son père intervint brusquement.

— Mal est mort. Struan a ouï dire qu'il était avec ces hommes du canal de Dubh, poursuivit-il, et sa voix s'éleva à mesure qu'il parlait. Est-ce vrai ? Était-il un traître ?

Gregor acquiesça d'un hochement de tête, mais il ne dit rien. Linet poursuivit :

— Oui, c'est vrai qu'il travaillait avec les hommes de Dubh à Edinburgh et à Berwick.

Son père se mit à faire les cent pas.

— Je n'arrive pas à y croire. Comment savez-vous que c'est vrai? C'était un bon garçon, il n'aurait jamais…

— Papa, il m'a fait attacher et transporter à Berwick contre mon gré. Il…

Les sanglots de sa mère l'interrompirent.

— Il était malade, n'est-ce pas, Linet? Il…

Sa voix se brisa, et elle porta les mains à sa gorge.

— C'est à cause de lui que je ne voulais pas revenir au clan Ramsay, confirma Linet.

— Qu'es-tu en train de dire, Finnola? Quelle maladie?

Son père n'avait manifestement aucune idée de ce que son frère avait fait. Linet fut incapable d'empêcher ses larmes de couler. Regarder la douleur dans les yeux de sa chère mère était insupportable pour elle. Alors, elle posa les yeux sur son père, et elle vit le moment exact où il comprit de quoi il retournait.

— Linet, est-ce que Mal… est-ce que tu veux dire qu'il était… il…? balbutia-t-il avant de s'écrouler sur une chaise près de l'âtre, le visage blême. Non, je n'y crois pas. Je ne veux pas y croire. C'était un bon garçon…

— Un bon garçon qui était responsable du canal de Dubh à Edinburgh? s'enquit Gregor.

— Responsable? Mais vous avez dit qu'il était impliqué!

— Linet voulait être gentille. Il était responsable

de cette partie du canal. Il a fait enlever Linet et l'a presque forcée à se prostituer.

Les yeux de Wallace Baird s'écarquillèrent, tandis que les sanglots de sa mère redoublaient. Il regarda à nouveau Linet, l'air furieux.

— Il s'est servi de toi, Linet ? Ma fille ? Sa propre sœur ? Je le tuerai de mes propres mains, affirma-t-il en levant les yeux vers le plafond.

— Ce n'est pas nécessaire, dit Gregor d'une voix douce. Il n'est plus là, et il ne fera plus de mal à votre fille ni à aucune autre bachelette.

Sa mère la regarda et ne prononça qu'un seul mot, froissant un carré de lin dans sa paume.

— Struan ?

— Non, maman, la rassura Linet, serrant la main de sa mère. Struan ne m'a jamais fait de mal, et il ne savait rien de ce qui s'est passé.

— Merewen ? poursuivit sa mère.

— Non, il ne l'a pas touchée.

La mère de Linet l'entoura de ses bras, sanglotant contre son épaule.

— Je suis désolée, Linet.

Elle laissa sa mère pleurer pendant un moment, mais elle décida ensuite qu'il était temps de mettre fin à la torture de ses parents.

— Maman, j'ai de bonnes nouvelles.

Sa mère essuya ses larmes et se redressa.

— Je t'en prie, dis-nous de quoi il s'agit.

— Gregor et moi sommes mariés.

Elle lança un regard à son mari, et elle éprouvait tant de fierté et de joie qu'elle en était submergée. Qu'il s'agisse d'un mariage ou d'un engagement, cela n'avait pas d'importance pour elle.

— J'ai demandé à Linet de m'épouser et elle a accepté, confirma Gregor. Nous sommes mari et femme.

La mère de Linet se leva d'un bond pour étreindre sa fille.

— Quelle bénédiction ! Merewen et toi allez rester ici ! Je suis tellement heureuse que tu sois de retour à la maison, ma belle !

Son père les félicita tous les deux, le visage rayonnant, et si la douleur n'avait pas complètement quitté son regard, elle se dit qu'ils allaient tous les deux guérir. Gregor posa sa main sur le bas du dos de son épouse et dit :

— Nous devons aller parler à mes parents, nous prenons donc congé.

Ils parlèrent peu en marchant vers le donjon, mais Gregor avait passé son bras autour de ses épaules.

— Gregor, tu dois retourner aider tes cousins. Tu n'as pas besoin de rester avec moi. Quand nous aurons vu tes parents et que tu auras réglé les choses avec les gardes, tu devras repartir à South Berwick, lui suggéra-t-elle avant de lui offrir un baiser sulfureux et provocateur. Ils ont besoin de toi. Moi aussi, mais je peux attendre.

La nervosité la gagna tandis qu'ils attendaient dans la grande salle que les parents de Gregor descendent. Ils étaient arrivés tôt, avant que Brenna et Quade ne se lèvent. Lily les avait accueillis avec les jumelles, et les deux petites les avaient entourés d'amour. Torrian descendit dans la salle, ravi de voir que Linet était revenue saine et sauve. Lorsqu'il apprit que la bataille de South

Berwick était imminente, il s'en alla discuter avec Kyle de l'envoi de gardes supplémentaires avec Gregor.

La porte s'ouvrit au bout du couloir et les parents de Gregor entrèrent, Quade s'appuyant sur sa canne en bois. Brenna se précipita vers eux, le visage illuminé d'un sourire éclatant.

— Tu t'es marié, Gregor ? C'est bien ce que j'ai ouï ?

Linet rougit si fort qu'elle craignit que son visage reste éternellement rouge foncé, mais, heureusement, elle se trompait. Gregor embrassa la joue de sa mère et serra l'épaule de son père, veillant à ne pas le faire basculer.

— Maman, papa, Linet et moi nous sommes engagés l'un envers l'autre. Compte tenu des circonstances, nous avons estimé que c'était la meilleure solution. Nous n'étions pas tout à fait prêts pour le mariage et il n'y avait pas de prêtre dans les environs, alors c'est ce que nous avons décidé. J'aime Linet de tout mon cœur, et je suis fier de vous la présenter comme mon épouse. Du moins, elle l'est à mes yeux.

Maîtresse Brenna posa les mains sur les joues de Linet puis la serra dans ses bras, son enthousiasme convainquant Linet qu'elle était vraiment satisfaite de cette union.

— Nous te souhaitons la bienvenue dans la famille, Linet, lui dit Quade. L'engagement mutuel est comme le mariage à mes yeux, alors, pour nous, tu es l'épouse de notre fils. Tu fais partie de notre clan. Nous ne pourrions être plus ravis de t'accepter comme notre fille. Venez, dit-il ensuite, avec un geste vers l'âtre, asseyons-nous et parlons.

Ils se dirigèrent vers la cheminée, où Gregor installa son fauteuil à côté de celui de Linet et lui prit la main. Linet soupira devant ce simple petit geste. Elle avait choisi un homme très attentionné. Quand ils furent tous installés, Quade adressa un regard à sa femme.

— J'ai ouï dire que Linet a dû travailler comme guérisseuse au sein du canal. Cela s'inscrira peut-être dans le droit fil de ce que nous avons discuté dernièrement.

Brenna regarda attentivement Linet.

— T'intéresses-tu toujours à la guérison, ma belle ?

— Oui, c'est l'une des raisons pour lesquelles j'ai souhaité rester. J'aimais ce rôle, on avait besoin de moi.

— Et l'autre raison ? demanda Quade.

— Papa, l'interrompit Gregor. Nous aborderons cette partie une autre fois. Elle aimait apprendre à lire aux autres bachelettes et soigner leurs blessures.

Les yeux de Brenna s'illuminèrent et son sourire s'élargit.

— Tu as une telle intuition, Quade ! Elle est exactement celle qu'il nous faut.

Gregor semblait aussi confus que Linet. Que voulait-elle dire ?

— Maman ? murmura-t-il.

— Ce n'est rien, ne t'inquiète pas. Je vais très bien, mais j'aimerais bien ralentir.

— Hum…

Brenna sourit à son mari.

— Gregor, ton père m'a demandé de ralentir. J'ai de plus en plus mal au dos, mais nous n'avons pas d'autre guérisseuse bien formée. J'ai essayé de définir de qui pourrait nous aider, quelqu'un de jeune, mais pas complètement inexpérimenté. Je ne sais pas si je pourrai un jour m'éloigner complètement de la finaison de ma vie, mais le temps est venu de partager mes connaissances avec d'autres.

Gregor posa à voix haute la question que Linet avait en tête.

— Pas Jennet ?

Brenna se mordilla la lèvre, puis elle pencha la tête d'avant en arrière.

— Jennet, eh bien… elle n'est pas encore prête. Elle possède les connaissances nécessaires et sera une ressource précieuse pour toi, si tu décides d'accepter notre offre, Linet, mais elle n'a pas encore la compassion ni la maturité nécessaires pour me remplacer.

— Votre offre ?

Linet ne pouvait prononcer d'autres mots, car l'idée de travailler aux côtés de maîtresse Brenna était si excitante qu'elle devait lutter contre l'envie de courir partout dans le château et de crier son bonheur aux oreilles de tout le monde.

— C'est vraiment parfait. Puisque tu as épousé Gregor, tu vivras bien sûr au château avec lui. Nous vous trouverons une chambre plus grande que celle dans laquelle il dort actuellement. Le clan n'aura aucun mal à t'accepter, puisque tout le monde te connaît déjà. C'est parfait.

— Maman ? dit Gregor en lui donnant un coup de coude.

— Bien sûr, je divague, tant je suis excitée. Linet, aimerais-tu t'entraîner avec moi pour devenir l'une des guérisseuses de notre clan ?

Sans voix, elle se tourna vers Gregor, qui acquiesça d'un bref hochement de tête. Son regard lui indiqua qu'il soutiendrait son choix, quel qu'il soit. Évidemment. Elle avait choisi un homme rare.

— Je ne sais pas… Je… bien sûr… Je veux dire que rien ne me ferait plus plaisir. Je serais honorée de vous assister et d'apprendre vos compétences.

La porte s'ouvrit avec fracas et Logan Ramsay entra dans la salle, suivi par Gavin, Merewen et Nari, qui se précipita sur Gregor.

— Qu'y a-t-il, Nari ?

— Nous n'avons pas encore trouvé Connor et Thorn ! s'écria le garçon. Croyez-vous qu'il se soit passé quelque chose ?

— Ne t'inquiète pas, mon garçon, le rassura Gregor. Nous les retrouverons.

Il lui ébouriffa les cheveux, mais Nari s'accrocha un peu plus à lui, saisissant la manche de sa tunique.

— Thorn me manque déjà. Où peuvent-ils être ? Vous n'allez pas nous aider ?

Gregor s'agenouilla pour regarder le garçon dans les yeux.

— Bien sûr que si, je vais vous aider. Connor et Thorn sont très ingénieux. N'oublie pas non plus que Braden et Roddy sont avec eux ; je ne suis donc pas inquiet. Nous les retrouverons, il n'y a aucun doute à ce sujet. Et nous arrêterons les méchants pour de bon, affirma-t-il, puis il se leva pour regarder ses parents et Linet. Mieux vaut que je parte bientôt. Ce jeune garçon s'appelle Nari, et il m'a aidé à trouver Linet à Edinburgh. Je crois que nous devons nous dépêcher. Dès que j'aurai le ventre plein, nous partirons.

Il salua Gavin et Merewen d'un signe de tête. Brenna partit vers les cuisines, sans doute pour aller chercher de la nourriture.

— Quade, dit Logan, nous avions deux traîtres sur les bras, Earc et Mal, et à présent ces pendards ont plus d'hommes que nous. J'ai déjà envoyé un messager aux Grant pour leur demander de l'aide. J'ignore de combien de guerriers supplémentaires nous avons besoin, mais nous devons commencer à faire appel à nos alliés. Si nous parvenons à empêcher cette dernière cargaison de partir, nous pourrons peut-être mettre un terme à ce fléau. Les deux hommes responsables du canal se trouveraient à South Berwick. Je veux ces ordures.

— Merewen, tu pars avec eux ? s'enquit Linet.

— Oui, confirma sa sœur. Ils ont besoin d'archers. Cela ira-t-il si je te laisse ici ?

— Oui, la rassura-t-elle en prenant la main de sa sœur dans la sienne. Fais ce que tu as à faire. Gregor et moi nous sommes engagés l'un envers l'autre. Je vais rester au château. Maîtresse Brenna m'a demandé de m'entraîner avec elle, d'en apprendre plus sur la guérison, et j'ai accepté. Fais-moi une faveur, s'il te plaît. Il y avait une bachelette qui s'est montrée très gentille envers moi. J'ignore ce qui lui est arrivé.

Elle la décrivit du mieux qu'elle put à Merewen, espérant qu'ils pourraient la retrouver et l'aider. Le visage de Merewen s'illumina et elle se pencha pour serrer Linet dans ses bras.

— Je ferai de mon mieux pour la retrouver. Je suis tellement heureuse pour toi ! Es-tu sûre que cela ira si nous partons ?

— Oui, dit-elle, s'étranglant avec les souvenirs qui lui venaient à l'esprit. J'étais là, je sais à quel point il est important de les arrêter.

Le silence régnait à présent dans la salle, mais tous les regards étaient tournés vers elle. Elle ne put réprimer le tremblement de son menton, mais elle parla quand même.

— J'étais avec cinq des enfants qu'ils ont enlevés. Ils les affament. J'ai essayé de leur donner du bouillon, et ils ont eu du mal à le garder. J'étais presque sûre qu'au moins l'un d'entre eux allait mourir. Vous devez vous dépêcher. Il y a un groupe d'enfants plus importants ; ils les détiennent plus près des quais.

— Tu as rencontré les responsables de cette opération ? s'enquit l'oncle Logan.

— Oui, ils sont froids et impitoyables. Ce sont deux Anglais, mais je ne peux rien vous dire de plus. Ils n'ont été là que peu de temps, avant de repartir pour l'endroit près des quais. L'un d'eux se fait appeler Dee, et l'autre Guy, mais ce ne sont pas leurs vrais noms. Matilda a dit qu'elle avait été engagée pour surveiller les enfants pendant sept jours. Je crois qu'il y en a beaucoup, beaucoup plus. À tel point que je ne sais pas comment vous ferez quand vous les aurez retrouvés.

— Y a-t-il autre chose que tu aurais pu apprendre ? demanda Logan, la transperçant de ses yeux vert vif.

— Ils sont partis avant l'arrivée de Gregor et de Gavin en direction du plus grand de leurs bâtiments, près du port, parce qu'on leur avait signalé des problèmes à cet endroit. Ils ont davantage d'enfants là-bas.

— C'est Connor, peut-être ?

Les yeux de Gavin s'éclairèrent d'une lueur qu'elle ne pouvait qualifier que d'espoir.

— C'est possible. Ils ne l'ont jamais dit. Mal a déclaré qu'ils louaient trois navires pour transporter la cargaison. Il y a tant de bachelettes et de garçons qui arrivent dans les prochains jours qu'il n'en connaît pas le nombre. Mais je sais que vous ne devez pas tarder. Dans le cas contraire, des centaines d'entre eux seront envoyés à travers la mer du Nord.

Guy et Dee étaient dans une petite pièce et se disputaient.

— Je n'arrive pas à croire que ces ordures aient tué davantage de nos hommes et qu'ils aient pris les enfants, s'écria Guy en serrant les dents.

Dee le regarda d'un air moqueur.

— Ils ont pris les enfants les plus malades. Ils n'auraient sans doute pas survécu sur le bateau.

— Mais ils ont tué une douzaine de nos hommes.

Dee se fichait de ces problèmes.

— Et alors, nous avons perdu une douzaine

d'hommes ? Nous en avons près de deux cents à ce stade, cinquante avec nous et cent cinquante cavaliers anglais qui arriveront lorsque nous en aurons fait la demande. Et les enfants ne représentaient qu'une petite partie de notre chargement. Les plus vieux sont bien plus robustes. Ne t'inquiète pas. Les chevaliers iront en première ligne, et ses sauvages ne pourront pas tuer nos guerriers en cotte de mailles. Ce sont les meilleurs de toute l'Angleterre.

— Si nous parvenons à cacher notre véritable cargaison. Si les chevaliers découvrent pourquoi ils se battent, la moitié d'entre eux pourraient nous abandonner. Nous n'avons pas besoin que ces maudits sauvages de Highlanders interfèrent à ce stade.

Dee ne se laissa pas perturber.

— Ces chevaliers se fichent de tout, du moment qu'ils sont payés. Arrête de t'inquiéter. Une fois que nous aurons envoyé toute cette cargaison, je prendrai un groupe avec moi, et nous chasserons cette bande. Nous allons nous débarrasser de tous ces gens.

Guy sourit.

— Pourquoi s'arrêter aux cousins ? Je dis qu'il faut s'en prendre à tous les Ramsay et à tous les Cameron. Nous pourrons alors libérer les coffres de l'abbaye de Lochluin.

Dee réfléchit un instant avant d'acquiescer.

— Tu as peut-être raison. La bande, puis les Ramsay, affirma-t-il en plissant les yeux. Mais je veux cette bordelière de Maggie Ramsay. J'aurai plaisir à la tuer.

CHER LECTEUR,

Merci d'avoir lu l'histoire de Gregor. Si elle est plus courte que d'habitude, c'est parce qu'elle se déroule dans la même période qu'une partie du roman de Connor. Il m'est devenu difficile de séparer les deux.

Depuis l'histoire de Gavin, le roman de Connor n'a cessé de me trotter dans la tête. Une fois que son histoire s'est consolidée dans mon esprit, j'ai eu du mal à m'obliger à terminer d'abord les histoires de Gavin et de Gregor. L'histoire de Connor sera tout ce que vous avez espéré et plus encore.

Bonne lecture !

Keira Montclair

AUTRES LIVRES
DE KEIRA MONTCLAIR

LE CLAN DES HIGHLANDS
Loki
Torrian
Lily
Jake
Ashlyn
Molly
Jamie & Gracie
Kyla
Sorcha
Bethia
Le Conte de Noel de Loki
Elizabeth

LA BANDE DE COUSINS
VENGEANCE DANS LES HIGHLANDS
ENLÈVEMENT DANS LES HIGHLANDS
CHÂTIMENT DANS LES HIGHLANDS
MENSONGES DANS LES HIGHLANDS
COURAGE DANS LES HIGHLANDS
RÉSILIENCE DANS LES HIGHLANDS
DÉVOTION DANS LES HIGHLANDS
FORCE DANS LES HIGHLANDS
MAGIE DE NOËL DANS LES HIGHLANDS

À PROPOS DE L'AUTEURE

KEIRA MONTCLAIR EST le nom de plume d'une auteure qui vit en Caroline du Sud avec son mari. Elle écrit des romans historiques au rythme soutenu, souvent avec des enfants comme personnages secondaires.

Lorsqu'elle n'écrit pas, elle préfère passer du temps avec ses petits-enfants. Elle a travaillé comme professeure de mathématiques dans un lycée, infirmière diplômée et chef de bureau. Elle aime le ballet, les mathématiques, les puzzles, apprendre de nouvelles choses et créer de nouveaux personnages dont ses lecteurs pourront tomber amoureux.

Elle considère que son travail est bien fait lorsque ses lecteurs versent des larmes en lisant ses histoires, toutefois les fins heureuses sont toujours au rendez-vous !

Sa série à succès est une saga familiale qui suit deux clans écossais médiévaux sur trois générations et compte aujourd'hui plus de 40 livres.

Contactez-la sur son site web, *http://www.keiramontclair.com* ou directement à l'adresse *keiramontclair@gmail.com*.